湯屋のお助け人【五】

神無の恋風

千野隆司

双葉文庫

目次

湯屋のお助け人【五】
神無の恋風

序章　祈禱師

浅草橋《あさくさばし》御門に向かう日本橋馬喰町《にほんばしばくろちょう》の広い通りには、朝から晩まで人の行き来が絶えることはない。神田川《かんだがわ》を北へ越えれば、蔵前通《くらまえどお》りとなる。

武家や町人、僧侶《そうりょ》や修験者の衣装を身に纏《まと》った祈禱師《きとうし》など、さまざまな人が歩いていた。神無月《かんなづき》の朔日《ついたち》で、小春日和《こはるびより》の昼下がりの日差しが家々や道を照らしている。

風が吹くと、どこからか乾いた枯葉《かれは》が飛んできた。歩いている者の中には、襟巻《えりま》きをしている姿も見かけるようになった。

吹いてくる風は、どきりとするくらい冷たいことがある。

「おや、あぶねえな」

振り売りの羅宇屋《らうや》が、通りの一角に目をやりながら言った。荷車のがらがらといった音が響いている。

四斗《しと》の酒樽《さかだる》を六つ積んだ荷車が、勢いを上げて走り込んでくる。人足の一人が引いて、もう一人が後ろから押していた。その横を、羽織《はおり》姿の三十半ばの主人ふうが駆けている。

よほど急ぎの配達らしかった。

荷車の酒樽には縄がかけてあったが、道にある凹凸《おうとつ》のたびに上下に揺れた。荷が今にも崩れてしまいそうだ。

道行く人たちは皆、恐れて道の両側に身を寄せた。

馬喰町二丁目から三丁目にかけての十字路に、荷車は差し掛かった。勢いを緩める気配もなく、右折を始めた。

荷車を引いている人足の顔は、興奮で赤らんでいる。そのまま回り込むつもりらしいが、勢いがつきすぎていた。

「ああっ」

誰かが叫んだ。酒樽を支えていた縄の一本が切れて、重い酒樽が跳《は》ね飛んだ。

地べたにたたきつけられた酒樽が、がすっという鈍い音をたてたかと思うと、次にばしゃっという音が響いた。酒樽の箍《たが》が外れて、板と酒が通りに散ったのである。

濃い酒のにおいが、あたりに広がった。

このとき、割れた酒樽の近くを歩いていた者がいた。歳の頃二十代半ば、長身の侍

である。着物と袴が酒で濡れた。酒樽の外れた板の一枚が、左の二の腕に当たってい
た。
「うむ」
侍は、事の成り行きに驚き呆然《ぼうぜん》としている羽織姿の主人に近づいた。右手で乱暴に、
主人の襟首《えりくび》を摑《つか》んだ。
「きさま。この始末を、どうつけるのだ」
怒りを全身に表しているのではなかった。ただ刺すような厳しい眼差しを、向けて
いる。
「し、しかたがねえじゃねえか」
そう言って割り込んできたのは、荷車を引いていた大柄な人足だった。腕が丸太の
ように太かった。
「ふざけるな」
侍は一瞬の内に、人足の鳩尾《みぞおち》に拳《こぶし》を入れた。「うっ」と体が前屈みになったところ
を、足をすくって地べたに倒した。その顔を足で踏みつけた。
人足の顔がみるみる赤くなり、そして青くなった。動こうにも動けない。手足をば
たつかせるだけだ。

「ひいっ」

主人が、悲鳴を上げた。体を震わせている。何かを言おうとしたが、すぐには言葉が出てこない。

とんでもない相手に、酒をぶち撒《ま》けてしまった。そのことに気がついたらしかった。

「ただでは済まぬぞ」

「も、申し訳、ございません」

四斗の酒樽一つを無駄にし、荷を引く人足が瞬《また》く間に打ち倒された。目の前には、得体の知れない凄腕《すごうで》の侍が絡《から》んできている。

しかもそのもとを作ったのは、荷車を急がせた自分だった。

と、そのとき。荒《すさ》んだ気配の侍や、遊び人といった若い男が四人現れた。「おう」と声を発して、荷車に近づくと、無事だった酒樽に匕首《あいくち》やら脇差《わきざし》やらを突き刺した。

刃先を抜くと、そこから酒が噴き出してきた。

「これは、うめえや」

両手ですくって飲み始める。

「さあ。見ている衆も、ご馳走《ちそう》になったらいいぜ」

遠巻きにしている野次馬《やじうま》たちに、声をかけた者までいた。別の一人は、次の樽にも手をかけようとしていた。

どうやら、酒を被《かぶ》った侍の仲間らしかった。

「や、やめさせて、くださいまし」

主人は涙目になって、目の前の侍に懇願《こんがん》した。運ばねばならない商品である。しかも四斗の酒樽は、どれも灘《なだ》の上物だった。

「さあ、あやつらのことは知らぬ。その方がやめさせればよいではないか。それよりも、おれの始末をどうつけるというのだ」

目の前の侍は、まったく取り合わなかった。

主人は、覚悟を決めたらしかった。懐《ふところ》に手を差し入れて、財布を取り出した。かなり重そうだった。

中から二朱銀二枚を取り出した。それで始末をつけようとしたのである。

しかし侍は、主人が差し出した金には目もくれず、財布の方を取り上げた。

「ああっ」

主人は悲鳴を上げたが、侍は財布の中身を袂《たもと》に落とし込んだ。二朱銀だけでなく、小判数枚も入っていた。

「そ、それは売り上げの金でして」

取り返そうと差し出した手を摑んだ侍は、主人を地べたに投げ飛ばした。倒れた体の上に、空になった財布を放った。

そのまま歩き始めた。振り向きもしない。

このときには、酒樽にいたずらをしていた侍や遊び人たちは、どこかへ姿を消していた。

動きの速い連中だった。こういうことに慣れているのだ。

侍は浜町堀《はまちようぼり》まで歩くと、河岸《かし》の道に出た。曲がって少し行くと、先ほどの酒樽にいたずらをした四人の男が姿を現した。

ぺこぺこしている。

二言三言喋《しやべ》ったところで、侍は袂から一朱銀やら銭やらを取り出すと男たちに与えた。奪った獲物《えもの》を分けてやるといった気配だ。

受け取った四人は再びぺこぺこしてから、離れていった。

一人になった侍は、そのまま浜町河岸を歩き始める。袂は仲間に金を与えた後でも、まだ重そうだった。三両や四両の金はありそうだった。

けれども侍は、満足そうな顔はしておらず、どちらかというと、陰気な眼差しをしている。

河岸の道をさらに進むと、あたりは武家地になった。道行く人の姿が、かなり減っている。

侍はそこで立ち止まった。

「なぜおれをつけるのか」

振り向いた侍はそう言った。三間ほどのところに、白い小袖に篠懸《すずかけ》と呼ばれる直垂《ひたたれ》に括袴《くくりばかま》をはいた草鞋《わらじ》履きの三十代後半とおぼしい男が立っている。日焼けした浅黒い顔で猪首《いくび》。背に箱型の祭壇を担《にな》い、頭には兜巾《ときん》と呼ばれる六角形の小さな被り物を載せていた。

手には長い錫杖《しゃくじょう》を握っていて、旅の祈禱師といった身なりだ。

今しがたの酒屋の主人とのやり取りのときにも、野次馬の一人として一部始終を見ていた。

「きさま、おれをつけているのは、今日だけではないな」

侍は腰を落とし、左手を腰の刀に触れさせた。いつでも闘える体勢を整えたのである。

だが祈禱師は、一向に気にする気配も見せず侍を見詰めた。唇には笑みさえ浮かべていた。

「さよう。貴公はなかなか、見込みのある人物だからな。どうじゃ、わしの仲間にならぬか。さすれば抱えている望みをかなえてやろうではないか」

「ふざけるな」

侍は嘲笑《あざわら》った。相手の言葉が、おためごかしにしか聞こえなかったからだ。

「貴公、先ほど酒樽の板が、左の二の腕にあたったな。まだ痛みが残っているであろう。どうじゃ」

するとと侍の顔つきが変わった。祈禱師の言葉は、間違ってはいない様子だった。

「着物の袖《そで》をまくって見せてみよ」

左の二の腕を指差した。

侍は渋々、袖を捲《まく》り上げた。逞《たくま》しい腕だったが、肩からやや下がったあたりが、紫に腫《は》れていた。

「これならば、さぞや痛みがあったであろうな」

祈禱師はすぐ近くまで寄って腫れを見た。そして懐から、小さな壺《つぼ》を取り出した。

「わしはな、薬草に詳《くわ》しいのだ。祈禱と薬で、この腕の痛みを取り除いて進ぜよう」

小壺の蓋《ふた》を取ると、ねり薬が入っていた。祈禱師は指ですくうと、それを侍の腕にこすりつけた。得体の知れない呪文《じゅもん》を唱えながら、薬を染み込ませてゆく。

そして再び薬を指先ですくうと、再度塗った。

侍は初め、顔を顰《しか》めた。いきなり触れられて痛みが走ったのである。しかしその表情が、驚きに変わった。

「どうじゃ。嘘のように、痛みが消えたであろう」

満足そうな顔で、祈禱師は腕から手を離した。小壺に蓋をすると、懐に仕舞いこんだ。

「そ、そうだな」

侍はわずかに頷《うなず》いた。

「わしはな、薬で人を生かすことも、殺すこともできるのだぞ」

祈禱師はそう言って、不敵な笑みを漏らした。そして続けた。

「よいか、わしの仲間になり、神のお告げを聞き入れるならば、貴公の望みをかなえて進ぜよう。しかし聞き入れぬのならば、貴公は今のまま生涯を閉じることになるぞ」

張りのある声で強い眼差しだった。自分が抱えている屈託《くったく》を、すべて承知の上で言っていると侍は感じた。

空恐ろしくさえあった。

「立ち話というわけにはいかぬからな。ついてまいるがよい」

祈禱師は返事も聞かずに歩き始めた。侍は瞬時迷うふうを見せたが、そのまま後についていった。

第一章　御殿医

一

東叡山《とうえいざん》の森の緑が、赤や茶、黄に染まって、不忍池《しのばずのいけ》の水面《みなも》に映っていた。秋も深まっている。山の乾いた枯葉が、風に流されてひとしきり空を舞ったあと、池の水面にも落ちてきた。

吹き渡ってゆく風があるので、水に映る山の紅葉はときおり崩れて色を変える。その上を数羽の鴛鴦《おしどり》が、群れになって進んでゆく。

「おおい、こっちにも泳いでいるぞ」

足を膝《ひざ》まで濡らした冬太郎《ふゆたろう》が叫んでいる。尻端折《しりばしょ》りをして、袖も捲り上げていた。普段は白い両手両足が、真っ赤になっている。垂れてくる鼻水を、手の甲でこすり上げた。

「そろそろ帰ろうよ」

「うん。なんだか雨も降ってきたようだよ」

冬太郎と同じ六歳の男の子二人は、すでに陸《おか》に上がって、寒そうに手をすり合わせている。一人は足踏みさえしていた。

「うん。でももう少し」

目の前で泳いでいる小魚に、冬太郎は息を止めて手を伸ばす。

さっと逃げてゆく魚。急いだつもりだが、指先にかすりもしない。

「ちっ」

と舌打ちが出るが、地団駄《じだんだ》を踏むほど悔《くや》しいわけではない。なかなか摑むことはできないが、だからこそ摑み取った時の喜びは大きいのだ。

陸に置いた小桶《こおけ》には、この一刻（二時間）ばかりの漁の成果が八匹泳いでいる。

いつもはあまり外遊びをしない冬太郎だったが、昼が過ぎてだいぶたった頃、同じ湯島切通町《ゆしまきりどおしまち》の子どもに誘われた。湯屋の古い小桶を一つ持って、不忍池にやってきた。

池の水は冷たいが、浅瀬で小魚獲《と》りを始めると、思いがけない手応えに時を忘れてしまった。

夢中になると、他のことに気が回らなくなる。

「冬ちゃん。おれたちは帰るよ」

「ああ、いいよ。寒いからね」

声をかけられても、水中の小魚を追う目は、余所《よそ》には向けない。落ち葉の陰や石ころの間に潜んでいる獲物を捜していた。

足や手に、冷たさを感じないわけではない。寒いどころか凍《こご》えてしまいそうだが、小魚獲りをやめることができなかった。

あと一匹、あと一匹と、気持ちがはやるのだ。

夢《ゆめ》の湯《ゆ》の皆に、食べさせてやりたいという気持ちも大きかった。

細い雨が本当に降ってきた。しかし水面が騒ぎ立つほどの雨ではなかった。透明な水中が、厚い雨雲の下でもよく見えた。

一人きりになって、クシャミが一つ出た。背筋に寒さがあって体がぶるっと震えたが、目の前に新たな獲物が現れた。それもこれまでのより、一回り大きい代物だった。

「よし。今度こそ」

冬太郎は息を潜めて、半歩前に進み出た。

湯島切通町の湯屋夢の湯で番台に座っているのは、もう六十一歳になる番頭の五平《ごへい》だ。髪が薄いので、白髪《しらが》の交じった髷《まげ》をぺらんと頭の上に載せていた。見るからに風采《ふうさい》の上がらない瘦《や》せた老人だが、夢の湯にとってはなくてはならない存在である。店の出入り口にある、ひと際高い台に乗って、やるべき仕事は山ほどあった。

湯賃を受け取るだけではない。洗顔用の糠袋《ぬかぶくろ》を貸し出し、使い終わった袋は裏返して乾かす。同時に切傷や皹《ひび》の膏薬《こうやく》を売る。膏薬はすぐに硬くなってしまうので、常に火鉢《ひばち》であぶって軟らかくしておく。また爪切りの鋏《はさみ》を貸し出し、客に話しかけられれば、応対もした。その間でも、板の間稼ぎの不埒《ふらち》な者がいないかと注意をする。

湯が熱いぬるいといった苦情も、「はいはい」と言って受けなくてはならない。

五平が腰を下ろしている背後の壁には、新しく書かれた張り紙が貼られている。

近年薪殊之外高直二付《きんねんまきことのほかこうじきにつき》
二度入之御方様《にどいりのおんかたさま》
湯銭両度共《ゆせんりようどとも》

中　奉　願上候

屹度《きつと》御持参可被下《ごじさんくださるべく》候《そうろう》
申《もうし》奉《たてまつり》願上《ねがいあげ》候《そうろう》

これは、一度入浴した後、二階座敷で休憩し再び入浴する客に対しての貼り紙である。一度の入浴料を払っただけで、二度三度と入浴しようとする手合いがいて、その対応として五平がしたためたのである。

「図々しい者がありましてな。そんな決まりがどこにあると、ねじ込まれました」

強面《こわもて》の主人源兵衛《げんべえ》が店にいれば、こんな御託《ごたく》を並べる者はいない。しかしいないとなると、五平を嘗《な》めて十文の入浴料をケチる者がいた。

「堂々と女湯を見られるのだから、いいじゃねえか」

そんなことを言う客もいる。だが番台に座っているのも、楽な仕事ではなかった。

夕暮れ時になると、仕事を終えた職人や商人だけでなく、侍や僧侶までが湯に浸かりにやってくる。一日でもっとも混み合う刻限だ。

外は半刻ほど前から、晩秋の霖雨《りんう》が降り始めていた。雨脚は次第に強くなっている。

「さぶいね。冷てえ雨だぜ」

飛び込んできた職人の客が言った。手に持った傘が濡れている。昨日から神無月。

季節は晩秋から初冬へと変わろうとしていた。

大曽根三樹之助《おおそねみきのすけ》は、流し板にある上がり湯の湯汲みをしている。五月の菖蒲《しょうぶ》の頃に夢の湯へやって来て、そろそろ五ヶ月がたとうとしていた。湯屋の仕事は、もうすっかり手の内に入った。

湯屋の主人でありながら、岡っ引き稼業に忙しい主人の源兵衛は留守が多い。その探索に駆り出されることも少なくないが、今や三樹之助は夢の湯ではなくてはならない働き手の一人になっていた。

「おい。上がり湯は、こぼさないように。お客さんに滴《しずく》が散らないように汲むんだぜ」

新しい月になった昨日から、由吉《よしきち》という十四になる小僧が夢の湯に新入りとして奉公にやって来た。体だけは大人並だが、まだまだ気《き》が利かないことも多く、湯屋の仕事がまるで分かっていなかった。

釜焚《かまた》きや湯汲み古材木拾いなど、湯屋の男衆の仕事を、三樹之助が教えてやる立場になっていた。為造《ためぞう》と米吉《よねきち》という朋輩《ほうばい》がいるから、夢の湯はこれで男衆が四人になったのである。

「ねえ、三樹之助さま」

由吉の湯汲みの様子を見ていると、源兵衛の孫娘おナツが傍《そば》に寄ってきた。牛蒡《ごぼう》のように細くて浅黒いが、目鼻立ちのすっきりした賢そうな面立ちをしている。屈託のある気配だ。

「どうしたんだ」

頭を撫《な》でてやりながら、三樹之助は応じた。

「冬太郎がさ。出て行ったきり、まだ戻らないんだよ」

姉として、二歳年下の弟を案じている。

「もう一刻半（三時間）以上前に、出て行ったんだ。それっきり帰ってこない。冷たい雨が降り出しているのにさ」

そう言われて、三樹之助は湯屋の中を見回した。確かに、しばらく冬太郎の姿を見かけていなかった。

「どこへ行ったんだ」

「さあ。三軒先の荒物屋の長吉《ちようきち》が、迎えに来ていたけど」

気になったが、客が多かった。女湯からも、湯汲みをしてほしいと声がかかっていた。三樹之助は仕方がなく、そちらの応対をした。

四半刻（三十分）ほどした頃、またおナツがやって来た。今度は顔色を変えていた。

「今ね、長吉が湯に入りに来たんだ。それで聞いたらさ、冬太郎は不忍池で小魚獲りをしているって言うんだよ」

「なんだって。この雨の中でか」

しかも外は、かなり薄暗くなっている。嫌な予感がした。

「そりゃあまずいよ。何かあったらたいへんだ。すぐに行っておあげ」

話を聞いていた大工職の女房が、横から口を出した。

「よし。そうしよう」

客が立て込んでいたが、仕方がなかった。おナツも行くと言うのを押し止《とど》めて、三樹之助は傘を手に外へ走り出た。

冷たい霖雨の池之端《いけのはた》に、人気《ひとけ》は少なかった。かなり暗くなっていて、人の顔は見分けにくかった。

「冬太郎っ、どこにいる」

声を上げながら、泥濘《ぬかるみ》になった木々の間を走った。濡れた落ち葉は滑りやすい。足をすくわれないように注意した。

「冬太郎、返事をしろっ」

それらしい姿は見かけない。不忍池の畔《ほとり》といっても、とてつもなく広かった。池の浅瀬を目を凝《こ》らして見渡したが、冬太郎らしい姿は見かけなかった。

足が泥でべとべとになっている。そこから地べたの冷たさが、じんと沁《し》みてきた。小魚獲りをしていたなら、体は冷え切っているはずである。どうしているのかと、焦《あせ》りが胸に湧《わ》いてきた。

「子どもを見かけなかったか。小魚獲りをしていた子どもを」

通りかかった人に声をかける。だが相手は、驚いたような顔でこちらに目を向け、首を横に振った。

一本一本の樹木の裏側、小高い盛り土の向こう側にまで丁寧《ていねい》に目をやった。あたりはすっかり暗さを増していた。

「ああっ」

太い樹木の根方に、小さな黒い塊《かたまり》が目に入った。駆け寄ると、霖雨に濡れそぼった子どもが倒れていた。すぐ傍に、小桶が置いてある。

冬太郎だった。

体を引《ひ》き攣《つ》らせている。

「しっかりしろ」

三樹之助は手に持っていた傘を放り出すと、濡れた体を抱き上げた。高熱を発している。耳元で声をかけても、何の反応もなかった。

熱い体を強く抱きしめた。そして夢の湯に向かって、泥水を撥ね散らしながら走り出した。


湯屋に駆け込むと、姿を見た母親のお久《ひさ》が悲鳴を上げた。

「い、医者を」

五平が叫んでいる。冬太郎を預けた三樹之助は、そのまま外へ飛び出した。医者を呼びに、湯島天神下《てんじんした》に向かったのである。

二

空が薄っすらと明るくなり始める頃、雨はやんでいた。今にも泣きそうな顔で、お久は夜明かしをした。

冬太郎を部屋に運び込んで、すぐ濡れた着物を脱がし、乾いたものに着替えさせた。火鉢を三つ運び込んで部屋を暖め、布団《ふとん》には湯たんぽを二つ入れた。

顔を赤く腫らした冬太郎の息遣いは荒かった。やって来た初老の町医者は、冬太郎の容態を診《み》て顔色を変えた。

煎《せん》じ薬《ぐすり》を飲ませようとしたが、なかなか受け付けない。やっとの思いで飲ませても、すぐに吐き出してしまった。

おナツは半泣きで、もっと早くに知らせればよかったと、自分を責めていた。

「いや。初めに言われたときに、おれが行けばよかったのだ。おまえのせいではないぞ」

三樹之助はおナツを膝の上に乗せて慰《なぐさ》めた。事実もっと早くに出かければよかったという後悔は、ずっと胸の中にあった。

冬太郎がどうなるか気が気ではなかったが、どうすることもできない。

「とりあえず寝よう」

源兵衛の言葉に従って寝床についた。しかしなかなか寝付くことはできなかった。天井に響く微《かす》かな雨音が、やけに耳に残った。

夢の湯で寝起きしている者は、みないつもの朝よりも早く目を覚ました。冬太郎の容態が気になったからだが、よくなっている気配は見られなかった。

昨夜来た医者は、今日一杯が山場だろうと話していた。高熱が収まらなければ、冬太郎の命は危ういことになる。

おナツは夜が明けるとすぐに、近くの湯島天神にお参りに行ってきた。

「だがな。そうかといって、湯屋を休むわけにはいかねえだろう」

いかにも寝不足といった顔の源兵衛が、そう言った。探索で夢の湯をほっぽり出すことが多いが、今日は湯屋にいるつもりらしかった。

源兵衛には、子どもは娘のお久しかいない。だから孫は、おナツと冬太郎の二人だけである。

日が徐々に昇ってゆく。昨日とは打って変わって、上天気になった。暖簾《のれん》を外に出すと、夢の湯にはいつものように湯客がやって来た。

「冬太郎の具合はどうかね」

客のほとんどが、問いかけてきた。皆が町内の客だから、昨日何があったかは知っていて、案じてくれた。

「あの町医者は藪《やぶ》だからなあ。他にいい医者はいないのかね」

そんなことを言う者もいた。

隣町にも医者がいたが、腕前は似たり寄ったりだという評判だった。わざわざ頼りたいほどの相手ではなかった。皆祈るような気持ちで、快復を待っていた。

三樹之助は荷車を引いて、古材木拾いに出かけた。

薪の値は高騰《こうとう》するばかりである。古材木を拾ってきて薪として使わなくては、とても採算が合わない。

湯屋にとっては、欠かすことのできない大事な仕事だった。

朝の日差しが、通りを照らしている。三樹之助は、細い棒切れ一本でも目に付いたものは拾っていった。昨夜の雨で濡れているが、そんなことは気にしなかった。

「その方、大曽根ではないか」

湯島天神の鳥居《とりい》前を通りかかったとき、いきなり横手から声をかけられた。野太い声で、聞き覚えがあった。

顔を向けると、身なりのいい初老の侍が立っていた。懐かしさが、胸に込み上げた。

「芹沢《せりざわ》先生ではないですか」

三樹之助は声を上げた。相手は、直心影流団野《じきしんかげりゅうだんの》道場《どうじょう》で師範代《しはんだい》を務める芹沢多重郎《たじゅうろう》だった。

文化《ぶんか》年間、江戸市中には百を超す剣術の道場があった。その中で直心影流の団野道場といえば、五指に数えられるほどの名門道場であった。厳しい稽古で知られている。

三樹之助は幼少の頃から、この団野道場に入門し指導を受けていた。二十二歳になった今では、免許皆伝《めんきょかいでん》を受け『団野の四天王』の一人と呼ばれるまでの腕になったのである。

　芹沢は、恩師といってよい人物だった。

「ちと近くに所用があってな、ついでに湯島天神に参ることにした。もしやその方に会えるやも知れぬと思うていたが、その通りになった」

　満足そうな顔で言った。稽古では鬼の面相になったが、道場から出れば、何くれとなく目を掛けてくれたのである。

　三樹之助は深川にある実家、家禄七百石の旗本大曽根家の屋敷を五ヶ月ほど前に飛び出した。以来、道場にも顔出しをしていなかった。

「湯島天神に参ると、私に会えるとおっしゃいましたが」

　気になる言葉だった。団野道場には、湯島にいることを伝えてはいなかった。

「いやなに、その方の道場の出入り禁止が解けた後に、兄ごの一学《いちがく》殿が見えた。屋敷を出て、湯島にいると話しておった。無事に過ごしているから案じることはないと伝えに来たのだ」

「さようでしたか」

　大曽根家の跡取りである一学は、弟である自分の面倒をよく見てくれた。武家の家に生まれれば、長男と次男の差は歴然としている。着るもの食べるもの、身につけるても、受ける学問まで格差があった。これはどこの家でも当然のことで、大曽根家でも例外ではなかった。

ただ一学はそういう状況の中でも、食いものや身につけるものなど、どうしようもないことは除いて、同じになるように配慮をしてくれていた。そういう兄だったから、困ったことや不満なことがあると、素直に気持ちをぶつけることができた。

今度の出奔《しゅっぽん》にしても、兄なりに自分を気遣って、団野道場に連絡を入れておいてくれたのだと想像がついた。一学の気持ちがありがたかった。

「まあ、お父上には内密で来たということではあったがな」

芹沢は秘事を打ち明けるといった顔で、小さな笑みを見せた。親が押し付けてきた縁談を嫌がって、逃げ出した顛末《てんまつ》を知っているらしかった。

三樹之助には、美乃里《みのり》という許嫁《いいなずけ》がいた。家禄二百石袴田《はかまだ》家の一人娘で、好いて好かれる仲だった。入《い》り婿《むこ》になる気持ちではなかった。

ところが美乃里は思いもかけない厄難《やくなん》にあって自害してしまったのである。五千石の大身旗本小笠原監物《おがさわらけんもつ》の嫡男正親《ちやくなんまさちか》のおもちゃにされた。精一杯の抵抗をしたが、どうすることもできなかった。

三樹之助に済まないというのが、その理由だった。

事件のあとの、正親および小笠原家の対応は迅速《じんそく》だった。袴田家の当主は、三百俵高の日光奉行《にっこうぶぎょう》支配組頭《しはいくみがしら》を命じられて、一家で赴任《ふにん》していった。小笠原監物は、万石級の役職である江戸城留守居役《るすいやく》を仰せつかった大物だ。小笠原家の指図があったのは明らかなことである。

形の上では昇格加増だが、ていよく江戸から追い払われた。

そして許嫁を奪われた三樹之助にも餌《えさ》をたらしてきた。小笠原家と縁戚関係にある、二千石の旗本酒井織部《さかいおりべ》の一人娘志保《しほ》との縁談を持ってきたのである。酒井家には男児はなく、入り婿という形でのものだった。

織部は役高三千石の御小普請支配《おこぶしんしはい》を務めていて、幕閣の中心に多数の親類縁者を持っていた。家禄七百石の中堅旗本家にとってみれば、またとない縁談なのである。後ろ盾《うしろだて》のなかった大曽根家が、名門酒井家と繋《つな》がるのである。両親はもちろん、親類縁者はこぞって狂喜し、話を進めるように迫ってきた。

酒井家が小笠原家と縁戚関係にあることを、承知の上でである。

自裁した美乃里の心を思えば、縁談を受け入れることは三樹之助には出来なかった。

それでは美乃里の無念は晴れないのである。大家におもねる父の弱腰にも、不満があった。

「いつか小笠原正親には、己がしたことの償《つぐな》いをさせてやる」

そう心に誓っていた。

正親は非道なことをしたが、自ら手にかけたのではなかった。あくまでも美乃里が自分で命を絶ったのである。その部分こそが、三樹之助にしてみれば許すことができない核心だった。

「もうずいぶんになるが、その方、達者に過ごしておるようだな」

芹沢は、三樹之助の顔つきや体の様子、引いている荷車などに目をやりながら言った。

古材木拾いなど武家のする仕事ではないと、野暮なことを口にする男ではない。自らも親の代からの浪人で、剣の道一筋で団野道場師範代という今日の地位を築いたのである。

「はい。お陰さまにて」

「ならば何よりだ。事が収まったら、いつでも道場へ戻ってくるがよい。待っておるぞ」

嬉しい言葉だった。恩情が身に沁みた。

芹沢は立ち去ろうとしかけて、何かを思い出した顔になった。

「そうそう、今さら言うこともなかろうと思ったがな、知っていて伝えぬのは気分が悪い。小笠原正親に関わることだが、聞いてみたいか。愉快な話ではないぞ」

何を言い出すのかは、見当もつかない。ただ団野道場には多数の門弟が出入りしている。諸藩の家臣や浪人者はもちろん、直参《じきさん》も多数稽古に通っていた。その中に小笠原家の事情に詳しい者がいても、不思議ではなかった。

「どのようなことでも、教えていただければ幸甚《こうじん》でございます」

三樹之助は、一歩前に踏み出した。

「ならば申そう。正親は、御留守居付の祐筆《ゆうひつ》の役を得て、城に上がることになったそうだ」

「な、なんと」

言われた直後は驚いた。重い役目とはいえないが、殿中にて幕閣のお歴々とも顔を合わせる立場となったのである。勝手な暮らしぶりでよい噂《うわさ》を聞かぬ男だが、いつの間にか栄達《えいたつ》の道を歩み始めている。

しかしすぐに、不思議でもおかしなことでもないと理解した。身びいきには違いないが、それぐらいは何のためらいもなく小笠原家はするだろうと考えた。

「人の世は、うまくいくばかりではない。因果《いんが》は巡《めぐ》るからな。正親にも、いつかは厄難が降りかかるやもしれぬ」

芹沢は、慰めるように言い足した。

「いや、それはそれでよろしかろうと存じます。あやつにはあやつの生き方がございましょう」

そうは口にしたが、償いをさせてやるという気持ちは変わらなかった。許すつもりは微塵《みじん》もない三樹之助である。

「これから寒くなります。先生には、どうぞお体を大切になさってくださいませ」

剣客である芹沢に告げる言葉でないことは、よく分かっていた。しかし三樹之助にしてみれば、いつまでも達者に過ごしてほしい恩師であった。

「うむ。心がけよう。その方もな」

さらりと受け流すと、芹沢は立ち去って行った。背筋がぴんと張って、物腰に微塵の隙《すき》もない。

見えなくなるまで、芹沢の後ろ姿を見送った。

三

古材木拾いから戻ると、ほぼ入れ違いに診察を終えた町医者が裏口から出て行った。白髪の慈姑頭《くわいあたま》で痩身《そうしん》。小皺《こじわ》の刻まれた黄色みの濃い膚《はだ》の色。神妙な顔つきをしているが、眼光に力がない。

「なんだか頼りないね」

見送ったおナツがつぶやいた。寝不足の目をしょぼつかせている。

冬太郎の病状には、快復の兆《きざ》しが見えない。

「さあ、ちょっとでもいいからお飲み」

お久が、生姜酒《しょうがざけ》を作ってきた。生姜の皮をすり潰し、味噌《みそ》と一緒に鍋《なべ》で熱してねばりのあるまま酒を入れる。二度煮立ててから、茶碗《ちゃわん》に入れた。発汗をうながして解熱を図る療法で、斜め向かいの青物屋の女房が教えてくれた。

処方された薬だけでなく、重湯《おもゆ》を飲ませたり、自然薯《じねんじょ》に酒と砂糖を入れて煮たものを啜《すす》らせたりと、思いつくことは何でもお久はやっていた。必死の表情である。

このままではお久の方も、具合が悪くなってしまうのではないかと気になった。

「まあ、おめえはちょいと休め」

源兵衛は言うが、お久はなかなか聞かない。近所に住んでいる五平の女房が、手伝いに来ていた。

湯屋の商いは、いつもとさして変わることなく進んでいるが、裏へ回ると空気が変わった。

三樹之助は釜焚きを受け持つ。

真っ赤な炎の中に、拾ってきて乾かした古材木も薪に交ぜて投げ入れる。角材から板の切れ端、小便桶、壊れた竹箒《たけぼうき》の類《たぐい》まで交ざっている。これらを釜の中に満遍《まんべん》なく投げ込まなくてはならない。

投げ込むたびに、釜の中では薪が小さく爆《は》ぜて音を立てた。

横におナツがしゃがんでいて、ぼんやりと炎を見ていた。いつもならこうしていると、冬太郎と一緒に、あれこれとたわいもないことを話しかけてくる。しかし今日は、黙りがちだった。

炎の赤味が顔に映っている。思い詰めた顔だ。

「おナツちゃん。志保さまとお半《はん》さまが、お見えになっているよ」

五平の女房が、知らせてくれた。おナツは志保のことが大好きだから、わざわざ声をかけてくれたのだ。元気がないことを、女房も気遣っている。

「ほんとっ」

顔に、一瞬生気が戻った。建物の中に駆け込んでいった。

三樹之助は、おナツの後ろ姿を見送って、はあと溜息《ためいき》を吐《つ》いた。わざわざ会いに行く気にはならない。

志保とその婆やであるお半は、三樹之助が夢の湯で厄介《やっかい》になってしばらくしてから、入浴をするためにやって来るようになった。今では月の入浴料を前払いし、自分専用の桶を用意している留湯《とめゆ》留桶《とめおけ》の客である。

夢の湯の立派な上客だ。

ただ三樹之助にしてみると、手放しでは喜べない相手であった。二人が初めて顔を見せたときのような驚きと苛立《いらだ》ちはないが、いまだにどう応対したらよいのか判断に迷うことがしばしばあった。

志保は酒井織部の娘である。酒井家は、徳川四天王《とくがわしてんのう》の一人といわれた酒井忠次《ただつぐ》の孫忠勝《ただかつ》を祖に持つ名門だった。

三樹之助が実家の屋敷を逃げ出すもとになった、縁談の相手だ。

志保は三樹之助より一つ年上だ。色白で整った目鼻立ち、艶《つや》のある豊かな黒髪、外見だけを見れば非の打ち所がなかった。身につけているものも、洗練されていた。

しかし何度か会った印象は、とんでもないものだった。家格の高さと家付き娘であることを笠に着た、高慢で身勝手な性格の持ち主に見えたのである。おまけにお半という五十になる意地の悪い婆やがついていて、一つ一つのことに口出しをしてきた。

志保はすでに一度祝言を挙げ婿取りをしていたが、離縁となっていた。子はない。婿はこの傲慢《ごうまん》な家付き娘と性格の悪い婆やに、いびり出されたと言っていた。

実家を出奔した三樹之助にしてみれば、縁談はそれで終わるものと高を括《くく》っていた。ところが志保とお半は、夢の湯へ様子を見に来て、その後、湯に浸かりにもやって来るようになったのである。

湯に入りに来たからといって、何かがあるわけではなかった。高慢な物腰も相変わらずだった。けれどもおナツや冬太郎とは、仲良くなってしまった。三樹之助は子どもたちに付き合わされて、道灌山《どうかんやま》の酒井家の別邸に泊まりに行かされるはめになってしまったことがあった。

ただ近頃は、志保を嫌だと思うばかりではなくなっていることに、三樹之助は気づいている。高慢ではあるが、行動力と怜悧《れいり》な頭脳を持っている。人情の機微《きび》を解さないこともなさそうだと分かってきた。

だからなおさら、どう応対したらよいのか困惑していた。我関《われかん》せずと、捨て置くわけにはいかないのである。

釜焚きを続けていると、しばらくしておナツが駆けてきた。目に輝きが宿っていた。

「今ね、志保さまが冬太郎の見舞いをしてくれた」

「そうか、よかったな」

「それでね。志保さまは、このままじゃ駄目だって。御抱《おかかえ》医者に診てもらわないとって」

幕府なり大名家なりの御殿医に見てもらえ、という意味らしかった。おナツの背後に、志保もやって来た。

「急がなくてはなりません。これからすぐに参りましょう」

当然の口調で、命じるように言った。

「ど、どこへ行くのですか」

「存じよりの奥医師がおります。名医であることは間違いありません。ここへ来ていただくのです」

「容易《たやす》く来ていただくことが、できるのですか」

「ですから、来ていただくようにお願いするのです。さあ、すぐに支度《したく》をなさいませ」

そこへお久も走り出てきた。

「私からも、お願いします。行ってください」

半泣きの声で言われて、断ることはできなかった。

三樹之助は、源兵衛の紋服《もんぷく》に着替えさせられた。気位の高い医師なので、貧しい身なりでは会うこともできないと言われた。冬太郎のためだと思って、しぶしぶ着替えた。

「では参りましょう」

夢の湯を出た。三樹之助と志保が並んで歩き、お半は何も言わずにその後についた。

三樹之助は、おやっと思った。いつもならば、お半はここらで恩着せがましい憎まれ口を利くところだが、それがなかった。黙って後についたのである。

あたり前といえばあたり前だが、これまではそうでなかった。女二人の後に、三樹之助は供侍《ともざむらい》のようについてゆく形だった。

向かう先は、牛込若宮町《うしごめわかみやちょう》。牛込御門外神楽坂《かぐらざか》の南側の小路を入ったところだとか。

若宮八幡《はちまん》の北側にあたる場所である。

「これから訪ねる山本宗洪《やまもとそうこう》どのは奥御医師の一人で、家禄は二百俵ですが、将軍家世《せい》子《し》さまやお部屋さまのお脈をとられる。元は町人だったそうですが、腕を見込まれて登用された御仁《ごじん》だとか」

「腕は確かなのですね」

「さようでございます。酒井家でも折々診てもらうことがあります」

公家や各藩が抱えた医者を御抱医者または御殿医といった。この身分は世襲ではなく、完全な実力本位だった。幕府の医師となると僧侶に準じて法眼《ほうげん》の位を授けられ、さらに僧籍も兼ねて最高位の法印位《ほういんい》を授与されることもあった。

山本宗洪は、法眼医師としてお城に上がっているとのことであった。

「ただ腕はよいのですが、格式ばった御仁で少々扱いにくいのです」

志保は溜息をついた。患家は大身旗本や豪商、名工と呼ばれる職人の親方など、一部の限られた者だけで、関わりのない者は診ない。

それを引っ張り出そうというのである。

牛込御門を背中に見て、神楽坂を少し上ったところで左折した。

「あの建物が、それです」

「ほう」

志保が指差した先を見て、三樹之助は感嘆の声を上げた。家禄二百俵の屋敷だから六百坪ほどのものである。大曽根家と比べてもはるかに狭い敷地だ。しかし片番所の長屋門《ながやもん》も住まいの建物も新築で瀟洒《しょうしゃ》な造りだった。

「建物は三階建てなのですね」

「そうです。御殿医ともなると、薬を調合するのに清浄な場所がなければなりませぬ。そこで特別に三階建てが許されているのです」

三樹之助にしてみれば、医者のことなど気にも留めないで過ごしてきた。無縁の存在といえる。

門前に立って、来意を告げた。もちろん湯島の湯屋から来たなどとは言わない。麹町《こうじまち》の酒井家から娘の志保がやって来たと伝えたのである。

門扉《もんぴ》が開かれた。

塵《ちり》一つ落ちていない磨き抜かれた廊下を通って、庭に面した部屋に通された。藺草《いぐさ》のにおいがぷんとする、張り替えたばかりの畳だった。庭の樹木にも手入れが行き届いている。

家禄二百俵の暮らしではなかった。大身旗本や豪商から、大枚の診察料や薬代を取っているに違いなかった。

待つほどもなく、坊主頭の体の大きな中年男が出てきた。絹の上物を身につけている。眉の濃い、目の大きな男だった。

「これは志保様。ご機嫌麗《うるわ》しいご様子で」

横に並んでいる三樹之助にはちらと目を向けただけで、宗洪は志保に話しかけた。

どちらも床の間を背にはしていない座り方である。

「往診をしていただきたく、願いに参りました。六歳の男児が、高熱を発しておりまする」

志保は穏やかに言った。

「ほう。それはいけませぬな。麴町のお屋敷ですか」

宗洪は、酒井家に出かけると考えたらしかった。

「麴町ではありませぬ。湯島でございます」

「ほう。どちら様のお屋敷で」

怪訝《けげん》な顔つきになった。

「お屋敷ではありませぬ。湯屋の子どもでございます。町医者にかかっていますが、熱が引きません。へたをすれば、取り返しのつかぬことになると考えて、お願いに参りました」

「なるほど。湯屋のお子ですか」

宗洪の声の調子が、邪険《じゃけん》になった。腕組みをしている。町の湯屋と聞いただけで、気持ちが冷めたのが見てとれた。

「これからちと、所用がありましてな」

さらりと宗洪は言った。立ち上がろうという気配さえ見せたが、志保は泰然《たいぜん》としていた。

「子どもの命を、救っていただきとうございます」

「それはもちろん私も同じ気持ちだが、他にも救わねばならぬ命がありますのでな」

苦虫《にがむし》を噛《か》み潰したような顔で応じた。

話を聞きながら、白々しい男だと三樹之助は感じている。麴町の酒井屋敷には、出向くつもりだったのである。

こんな医者にかかる必要はないと、座を蹴《け》って立ちたい気持ちに駆られたが、志保はそうではなかった。

「何とか、していただきましょう」

高飛車《たかびしゃ》な口調で動じない。冬太郎の病を診させようとしていた。

「宗洪どの、そなたは町の湯屋の倅《せがれ》と侮《あなど》ってはなりませぬぞ。そのお子はな、さる藩家のご落胤《らくいん》で、ここにお出での方は、そのご家中の大曽根三樹之助さまとおっしゃる。ここで命を見捨てることになると、ご貴殿のためにならぬと思いますが」

よくもまあ、そのようなことが言えたものだと驚いた。だが顔には出さなかった。身なりを改めさせられた意味が、これでようやく分かった。三樹之助は、志保の芝居《しばい》に乗ることにした。

湯島まで連れて行ってしまえば、こちらのものである。

「さよう。それがし、殿のご命令で若君の警固《けいご》の役に当たっておる。ここはぜひにも、ご貴殿に助けを求めたいのでござる」

できるだけ威厳を整えて、三樹之助は言った。

「どちらのご家中で」

「今は申せぬ。だが行けば分かることであろう」

傲慢《ごうまん》にも聞こえる志保の物言いだったが、宗洪は顔に怯《ひる》みを見せた。出向くことを承知させた。

四

門前には、お半が法仙寺駕籠《ほうせんじかご》を用意して待っていた。町駕籠としては、最上のものである。三樹之助と志保が屋敷に入ったときに姿が見えなくなったが、これを手当に行ったのだと知った。

駕籠に宗洪を乗せて、屋敷を出発した。薬箱を持った中間《ちゆうげん》を連れている。

一刻も早く、冬太郎の容態を診させたかった。

夢の湯の裏木戸内に、駕籠が着いた。降り立った宗洪は、不審の眼差しで周囲を見回している。釜場では、煤《すす》で顔が斑《まだら》になった由吉が薪をくべていた。

「ささ、こちらへお願いいたします」

気配を察したお久が、走り出てきた。待ち焦《こ》がれていた模様だ。何度も頭を下げた。

迷う御殿医に、志保はきりりとした声をかけた。

「宗洪どの、どうぞ」

「こちらでお履物《はきもの》を脱いで」

お半が手招きしている。この婆やは、志保とは阿吽《あうん》の呼吸である。

「では」

宗洪は台所兼居間の板の間に上がり、そのまま病間にしているお久の部屋に入った。簞笥《たんす》一棹《ひとさお》と小さな鏡台があるだけの、質素な部屋だ。そこで冬太郎が、荒い息で寝ている。上にかけているのは、綿のたっぷり入った搔巻《かいまき》だが、あちらこちらに継ぎがあたっていた。

火の熾《おこ》った三つの火鉢には土瓶《どびん》がかかっていて、それぞれから湯気が上がっている。

「この方が、お大名家のご落胤なのですか」

どこをどう見ても、高貴の若殿様には見えなかったらしい。不満そうな目を、宗洪は志保に向けた。立ったままで、病人の枕元に座ろうとはしなかった。

「もしご落胤でなかったとしたら、いかがいたすのですか。高熱の子どもをそのままにして、医者がおめおめと帰ってゆくのですか」

叱責《しっせき》に近い、志保の言葉だった。宗洪の体が、びくっと震えた。

「宗洪さまに限って、そのようなことはございますまい。さあ腰を下ろして、子どもの脈をとってくださいませ」

お半が、猫撫《ねこな》で声を出している。三樹之助にしてみれば、ぞっとする声で、かえって怖かった。

「いたしかたない」

宗洪は、ようやく寝ている冬太郎の枕元に腰を下ろした。まずは寝顔に目を凝らし、ついで腕を取って脈を測った。

志保は監視する眼差しで、宗洪の動きを見詰めた。

脈を測ったあとは、掻巻を剝《は》いで冬太郎の胸を出した。丁寧に、指で押したり撫でたりした。そして自らの耳を裸の体に押し付けた。一ヶ所だけでなく、いろいろな部位でそれを行った。

また目の色や目蓋《まぶた》の裏側を見たり、口中を広げて喉《のど》の具合も確かめたりした。先ほどちらと浮かべた躊躇《ためら》いや怯みは、まったくなくなっている。近所の町医者の診察とは比べ物にならないくらい、慎重なやり方だった。時間が、三倍くらいかかっている。

土瓶の湯の音と冬太郎の荒い寝息、宗洪の身じろぎする音だけが、部屋の中に響いた。

「肺腑《はいふ》が炎症を起こしておりますな。話を伺《うかが》ったときから、そんなことだろうと考えておりました」

供の中間を呼ぶと、蒔絵《まきえ》の施《ほどこ》された薬箱を受け取った。引き出しをあけ、銀の匙《さじ》を使って、薬を調合した。

「これは唐《とう》の国から取り寄せた、麻黄《まおう》という草状の小低木の根茎を生薬にしたものだ。やや値が張るが、発汗解熱の効能がある。繰り返し飲ませるのがよかろう」

宗洪は、初めてお久に声をかけた。

「ありがとうございます」

薬を受け取ったお久は、畳に額をこすりつけた。

「この他に、黄精《おうせい》という強壮薬を届けさせよう。

「鳴子百合《なるこゆり》の根からとった薬だが、病の快復に役立つだろう」

それだけ言うと、立ち上がった。

三樹之助と志保、それにお半とお久、おナツが法仙寺駕籠を見送った。宗洪の診察は、傍で見ているだけでも信頼を感じさせるものだった。

早速もらった薬を煎じて、冬太郎に飲ませた。椀で飲ませたのではなく、お久がいったん口に含んで、口移しに飲ませた。多少口からこぼれ出たが、冬太郎はごっくんと飲み込んだ。

「たいそう世話になり申した」

引き上げてゆく志保に、三樹之助は礼を言った。これまでにも、ずいぶんと世話になっていると思った。御殿医を騙《だま》し脅すように診察させた手際には、空恐ろしさも感じたが、ありがたかった。

「いえ。これで冬太郎さんがよくなるのならば、たいしたことではございませぬ」

にこりともしないで、志保は言った。夢の湯には入浴する目的で来たのだが、結局入ることがないまま、志保とお半は引き上げていった。

夕方、湯汲み番をしている三樹之助のところへ、おナツが駆け寄ってきた。明るい表情になっている。

「冬太郎がさ、汗をかき始めたよ」

「そうか。それは何よりだな」

宗洪が診察に来るまではよくなる気配がなかったが、薬が効き始めた様子だった。

「さすがに御殿医さまだね。近くの藪とは、ぜんぜん違う」

生意気なことを言った。帰ってからしばらくして、強壮薬も届けられていた。併《あわ》せて服用をさせていたのである。

「志保さまはすごいね。あんな偉いお医者さまを、呼んできてしまうんだから」

感心した声で言い足した。ますます好きになったようだ。もちろん三樹之助も感謝していたが、志保のやり手ぶりも目の当たりにしてしまった。お半とも息が合っていた。

初めの婿はいびり出したと聞いていたが、その手口を垣間見《かいまみ》た気がしたのも事実だった。

そこへ、身なりのきちんとした三十絡みの侍が男湯の戸を開けて入ってきた。山本宗洪の家の用人だと告げた。三樹之助が応対した。

「ご落胤様のご容態は、いかがでござるかな」

どこかつんと澄ました感じのある男だった。下帯一つの姿で手桶を持った三樹之助の姿を、しげしげと見詰めたあとで言った。ご落胤などでないことは分かっているはずだが、あえてそういう言い方をしていた。

「お陰さまで、だいぶよくなっている気配です」

正直に言った。宗洪に助けてもらったのは明らかである。

「それは何より」

顔に笑みを見せたが、眼差しは意地悪そうに見えた。侍は言葉を続けた。

「そこでだが、診察と薬の代を受け取りたく参った。今すぐでなくてもかまわぬが、払ってもらわなくてはなるまい」

懐から、二つに折り畳まれた紙切れを取り出した。

「何と」

受け取った三樹之助は、声を上げた。紙切れには請求する金高とその内訳が記されていた。十三両二分と記されている。

文字を読み間違えたかと思ったほどの高額だ。

「酒井家からのお口添えでござったので、ずいぶんと控えた額にさせていただいた。まあこれでご落胤様のお命が助かったなら、安いものでござる」

嫌味な言い方だと思ったが、言い返すことができなかった。そこへ源兵衛もやって来た。

「なるほど」

渋い顔で源兵衛も紙片の文字を読んだ。ほんの少し考えるふうを見せたが、広げていた紙片を畳んで懐にしまった。

「承知しやした。明日にもお屋敷に持って上がりやす」

丁寧に言った。

「では、そうしてもらおう」

宗洪の用人は、満足そうな顔で帰っていった。番台にいて話を聞いていた五平は、呆然と後ろ姿を見送った。

「払えるのかね」

気になった三樹之助が尋ねた。支払わなくてはならない金だとは、分かっている。

「なあに、なんとかいたしやすよ。蓄えも少しはありますんでね」

源兵衛は言った。「命が助かったなら、安いもの」と言った用人の言葉は、間違っていなかった。仕方のない出費だといえた。

五

翌日、薄闇が町に這《は》い始めた頃、志保とお半が、裏口から夢の湯を訪ねてきた。神無月も四日になっている。湯に入るためではなく、冬太郎の見舞いにやって来たのだ。

三樹之助は、ちょうど釜焚きをやっていた。

昨日の礼などを言っていると、気配に気づいたお久が出てきた。

「お陰さまで、ずいぶんとよくなりました」

疲れきった顔つきで、髪もだいぶほつれていた。しかし明らかな安堵《あんど》が、目顔《めがお》に表れていた。

完治こそしていないが、冬太郎は荒い息遣いをすることはなくなった。高熱も収まっていた。危機を脱したことに他ならない。

昼間源兵衛は、若宮町の宗洪の屋敷へ出かけていた。

「志保さまのなさることは、しっかりしていますねえ」

お久が感心している。正直な気持ちだ。

志保が初めて夢の湯へやって来た頃は、胡散臭《うさんくさ》いものを見る眼差しをしていた。高慢な態度や物言いも気に入らなかったはずである。だが近頃は、様子が変わっている。おナツや冬太郎が慕《した》い、可愛がってもらっていることが分かるからだ。

また心の持ちようも変わっている。まだ独り者だった九年前、上方に行っていた男が江戸に戻ってきた。悪党の一味に加わっていたが、三樹之助の働きで、お久は男に己の思いを伝えることができた。男は亡くなったが、お久はそれですっかり人が変わった。細かいことに、こだわらなくなったのである。

三樹之助に対しても、態度が変わった。つんけんすることがなくなり、志保を受け入れるようになった。

「お久さんも、一皮剝《む》けたようですね」

五平が言った。

朝方、冬太郎の熱が下ったとき、三樹之助は宗洪を連れ出した顚末《てんまつ》をお久に話してやった。すると久しぶりに、笑みを浮かべた。

「志保さまのような方が、三樹之助さまと一緒になればいいのにねえ」

そんな恐ろしいことを、口にしたのであった。

おナツに手を引かれて、志保は冬太郎の寝ている部屋へ入っていった。見舞いの品として、お半が『かすていら』の箱を持参していた。

高価な南蛮菓子《なんばんがし》である。

姉弟は、まだ一度も食べたことがないはずだった。手渡す様を見ていたおナツが、生唾《なまつば》を呑み込んだ。

夢の湯にいたのは、四半刻にも満たない。しかし初冬の日は、落ちてゆくのが早かった。だいぶ暗くなっていた。風も冷たくなっている。

「三樹之助さま、送って差し上げたらいかがですか」

お久が言った。ここからだと、人気のない武家道を通ることになる。

「承知しました。ご一緒に参りましょう」

気丈な女二人だが、何があるか分からない。三樹之助は腰に刀を差すと、共に夢の湯を出た。

提灯《ちょうちん》は、三樹之助とお半が持っていた。武家道は予想したとおり真っ暗で、人の通る気配はなかった。空に細い上弦《じょうげん》の月がある。

ときおり風に流された落ち葉が、目の前をゆるやかに落ちていった。三樹之助と志保が並んで、その後ろをお半がついてくる。

「冬太郎さんの容態が、見違えるほどよくなりましたね」

「はい。子どもはいったんよくなると、快復が早いですね」

そんな話をしたが、すぐに話題が途切れた。こちらが何も言わないと、志保は黙ったまま歩いてゆく。足音だけが響いて、少々気詰まりだった。

前ならば、そのようなことは気にならなかったが、自分の気持ちが少し変わったのだと思った。どう変わったかは分からない。

そのとき、ふっと昨日の朝、団野道場の師範代芹沢多重郎と会ったときのことが、頭に浮かんだ。芹沢は、小笠原正親の話をした。

正親は御留守居付の祐筆となって、お城に出仕《しゅっし》し始めたという。

小笠原家は、酒井家とは親しい縁戚関係にある。志保と三樹之助の縁談を企《くわだ》てたのは、他ならぬ小笠原家だ。

この機会に、正親のことを聞いてみようかと思い付いた。

志保は、許嫁だった美乃里に対して正親がしたことを知らないはずである。知っていたら、気性からして小笠原の企《たくら》みには乗らなかったに違いない。

「正親殿のお噂を聞きました。お城に出仕なさるそうですね」

三樹之助は前を向いたままで言った。できるだけさりげなく口にしたつもりである。

「そのようですな。どうしてお知りになったのですか」

志保が問い返してきた。詰問という気配ではなかった。ちらと見た横顔が、提灯の淡い明かりで青白く見えた。非の打ち所のない美形であることは確かだ。

「昨日、団野道場の師範代にばったり会いました。その方から聞いたのです」

正親のことを、志保はどう思っているのか……。知りたい気持ちもあった。正親と志保は、同い年のはずだった。

「あの御仁は、字だけは達筆でございます」

志保はそういう言い方をした。祐筆としては役に立つと言ったのか、それとも他の意味があるのか、そのあたりは分からない。

「いずれは、さらなるお役に就《つ》かれるのでしょうな」

当たり障《さわ》りのない返事を三樹之助はした。

「まあ、そういうことでございましょう。家禄五千石の小笠原家を、お継ぎになるわけですから」

ふうと、志保は溜息を吐いた。そして数歩歩いたところで、再び口を開いた。

「正親どのの取り柄は、達筆なことともう一つあります。なんだと思われますか」

「さあ」

いきなり問われても、三樹之助には見当もつかなかった。胸にあるのは、美乃里に狼藉《ろうぜき》を働き、死に追いやった非道なやつだというだけである。

「もう一つは、小笠原家の跡取りに生まれたことです」

「…………」

返答に困った。言い方を聞いていると、他に取り柄はないと思っているようだ。

「もし小笠原家に生まれていなかったら、取るに足りないつまらぬ男です。家格の高さを鼻にかけた、傲慢なだけの質《たち》でございますな」

「ほう」

五ヶ月前にこの言葉を聞いたのならば、志保だって同じ類の者だと考えたはずである。だが今は、そういうふうには考えなかった。

身近な縁戚の者であっても容赦《ようしや》しない、志保らしい歯に衣着せぬ物言いだった。

「ただ、侮ることはできませぬ」

慎重な口ぶりだった。三樹之助は次の言葉を待った。

「執念深いところがあります。恨みを忘れぬしつこい男です。敵に回すと厄介な相手でございましょう」

なるほど、と思った。餌を差し出してきたが、食いつかなければ攻めてくるのかもしれなかった。

だが、ふざけるなと、三樹之助は考えている。かえって闘志が湧いていた。美乃里の無念は、何があっても忘れない。

「三樹之助さまですので、気持ちのままを申し上げました。酒井家とは切っても切れぬ縁ではございますが、私はあの方が嫌いです」

口にしてしまって、かえってさばさばしたのかもしれなかった。志保は屈託のない顔をしていた。

小笠原正親という人物が、だいぶ摑めてきた気がした。

冷たい夜風が、白壁の向こうから吹き付けてくる。けれども寒さは、まったく感じなかった。

六

微かな月明かりで、闇の奥に聳《そび》え立つ大きな屋根が浮かんで見えた。

湯島聖堂の裏手に出てきた。麴町の酒井屋敷は建物の向こう側、神田川を渡ったはるか先になる。

人の気配は感じなかった。道を歩いていても、通行人は少ない。まだ遅い時間ではなかったが、たまに提灯の明かりが行き過ぎるだけだった。

三樹之助と志保、お半の足音が、道に響いた。どこからか、犬の遠吠えが聞こえてくる。

「はて」

三人は立ち止まった。顔を見合わせている。

闇の奥で人の走る乱れた足音が、聞こえたからだ。音のしたあたりに目をやると、淡い提灯の明かりが飛び込んできた。それが激しく揺れている。

三樹之助は目を凝らした。提灯を持っているのは、十六、七歳の商家の小僧といった風情《ふぜい》の若者である。その若者に、何者かが襲いかかった気配だった。きらと光る刀が、振り上げられている。

「ひいっ」

という声も聞こえた。そのとき三樹之助は、手にしていた提灯を志保に手渡し、走り出していた。腰の刀に左手を添えて、鯉口《こいぐち》を切っている。

小僧を襲ったのは、袴を身につけ、頭には頭巾《ずきん》を被った長身の侍だった。この他にもう一人、商家の主人とおぼしい羽織姿の男がいた。

「わあっ」

数間のところまで近づいたとき、絶叫がおこった。小僧が肩から胸にかけて、袈裟《けさ》に斬られたのである。どす黒い血が飛んで、手に持っていた提灯が素っ飛んでいる。

頭巾の賊《ぞく》は血刀《ちがたな》を拭くこともなく、近くにいた商家の主人ふうに襲いかかろうとしていた。俊敏《しゅんびん》な動きをする侍だった。

「おのれっ」

三樹之助は刀を抜いていた。賊と主人ふうとの間に躍りこんで、振り下ろされてくる刀を弾き返した。体に勢いがついていたので、肘《ひじ》と肘がぶつかった。

主人ふうは尻餅《しりもち》をついていた。三樹之助と賊が対峙《たいじ》する形になった。

正眼《せいがん》に構え合った。一分の隙もない。剣の修行を積んだ者の、確かな身ごなしだった。

頭巾に包まれた顔は、目だけしか見えない。その眼光が輝いて、邪魔されたことへの憎しみを伝えてきていた。流派は違うが、腕前にしてみると同じくらいに感じられた。

相手もこちらの動きを、探っている。

三樹之助は剣尖《けんせん》を揺らして、動きを誘ってみた。利き足に力を溜めて、後《ご》の先《せん》を狙うつもりだったが、相手は動かなかった。

ふっと息を抜きかけたとき、向こうが攻めてきた。喉元を狙う閃光《せんこう》のような突きだった。

「とうっ」

三樹之助も前に出ている。

守ろうと考えたら、そのときから負けの流れに入る。そう教えたのは団野道場の芹沢だった。

がしと鎬《しのぎ》の擦れ合う音がして、相手の流れを削《そ》ぎながら、三樹之助は小さな動きで小手を打った。だがそれまで見えていた小手が、すっと視覚から消えている。かまわず押すと、横から撥ね上げられた。

休まずこちらの腕を裂こうとする刀身を、横に払った。相手の体が、それでつっと下がった。動き始めてから、一呼吸する間の出来事である。

再び向かい合う形になった。息が切れることはなかったが、腋《わき》の下に汗が流れたのが分かった。

相手は八双《はっそう》に構え、三樹之助は正眼。どちらも動かない。ただ八双に構えた敵の剣尖が、徐々に上がってゆくのが目に入った。

踏み込もうと腹を決めたとき、やや離れたところで声が上がった。

「人殺しっ。だれかっ」

志保の声だった。闇夜にこだまする、高い声だった。ばらばらと近づいてくる、足音も聞こえた。

「やっ」

相手に明らかな動揺が表れて、三樹之助は踏み込んだ。面を狙った。

向こうは、闘う意欲をなくしていた。

こちらの剣を弾くと、そのまま後ろに駆け出した。近づく声とは、逆の道筋である。

「おのれっ」

三樹之助も追った。

「三樹之助さまっ」

その時、志保の呼び声が聞こえた。ただならない気配がこもっていた。頭巾の侍に斬られた小僧がいたことを思い出した。

追うのをやめて、元の場所へ駆け戻った。

地べたに小僧が倒れていた。肩からばっさりやられて、肉と白い骨が裁《た》ち割られているのが分かった。蹲《うずくま》った志保が提灯で照らしている。商家の主人ふうも呆然と見詰めていた。

三樹之助は屈みこんで、顔を覗き込んだ。虫の息だったが、小僧はまだ生きていた。

志保はそれで、三樹之助を呼んだのだと分かった。助けてやりたいのである。

だが動かすことは、危険だと思われた。

「よし。医者を呼ぼう」

三樹之助は町地に向かって走り始めた。このあたりならば、土地勘がある。

しばらく行くと、神田明神の門前町の明かりが迫ってきた。手に手に提灯を持った何人かの男が近づいてくる。その中心に、お半の姿があった。お半が呼びに行ったのだと分かった。

「医者を呼んでくれ。それと戸板の用意だ」

三樹之助は叫んでいる。聞いた男たちが、来た道をもどって行く。

「しっかりしろ」

集まった者たちが小僧に声をかけた。だが触れることはしなかった。かろうじて繋ぎとめられている命だった。

志保が傷口に手拭いを当てて、出血を抑えている。しかしすでに、血でぐっしょりと濡れていた。

しばらくして、またばたばたと足音がした。中年の金創医《きんそうい》が駆けつけてきたのだった。

医者は傷口を見て、顔を顰めた、そしてゆっくりと顔を横に振った。

見ると小僧は、すでに息を引き取っていた。

「くそっ、あの男っ」

三樹之助は怒りに震えながら、声を漏らした。志保は、医者から受け取った手拭いで、小僧の顔や衣服についた血を拭ってやっていた。

「この小僧の名は、何というのか」

「桑吉《くわきち》でございます」

問いかけると、主人ふうが答えた。

一同で瞑目合掌《めいもくがっしょう》をした。

「してその方の名は」

三樹之助が問いかけた。

「私は深川西平野町《にしひらのちょう》で材木屋問屋を営む、信濃屋善右衛門《しなのやぜんえもん》という者でございます。このたびはまことに、お手数をおかけいたしました」

善右衛門はそう言って、三樹之助と志保、それにお半に丁寧に頭を下げた。三人が通りかからなかったら、常吉だけでなく自分も斬殺されていたはずである。

それはこの男も、承知をしている様子だった。四十代後半といった年恰好で、日焼けをしている。商人らしい、如才《じょさい》なさも感じられた。

「して、あなた様方は」

尋ねられた。志保は首を小さく振った。知られたくないらしい。そこで三樹之助だけ名乗り、湯島切通町の湯屋夢の湯で居候《いそうろう》をしている者だと告げ、岡っ引きの源兵衛を呼ぶように、町の者に伝えた。武家地の出来事だが、隣接した湯島の町は源兵衛の縄張りだった。

「あの頭巾の侍は、明らかに命を狙って襲いかかったものと思われる。賊に覚えはないか」

問いかけると、善右衛門は首を振った。

「ずっとそれを考えておりますが、思いあたりません。頭巾で目の周りしか見えませんでしたが、そう歳はとっていなかったと存じます。あの侍には、初めて会った気がいたします」

懇意《こんい》にしている大工の親方の家を、訪ねた帰りだったという。湯島聖堂の裏手に来たところで、いきなり襲ってきたのである。

「私が誰であるか、確かめもしませんでした。常吉が持っていた提灯には屋号が記されていますので、それで分かったのかもしれませんが」

「店からつけてきた、とも考えられるな」

「気づきませんでしたが、そうかもしれません」

「何か恨まれるような覚えはないのか」

「それなんでございますがね」

善右衛門は腕組みをした。そして少し考えるふうを見せてから、口を開いた。

「たくさんありましてね、ちと見当がつきません」

これを聞いて、傍にいたお半が目を瞬《しばた》いた。

だが善右衛門は、からかったり強がったりしたのではなさそうだった。真剣な眼差しをしている。

「材木の商いなどしておりますと、商売敵《しょうばいがたき》を含めて、いろいろな悶着《もんちやく》が起こります。またこちらがどうと思わずにしたことでも、恨まれることがございます」

信濃屋善右衛門という男が、商人としてやり手ならば、言っていることは事実かもしれなかった。

「しかしな。命を狙うとは、よほどのことだぞ。こうして小僧の命まで奪ったのだからな」

「はい。さようでございますな」

善右衛門は考え込んでしまった。

「私、人を呼びに駆け出しましたときに、不審な者を見かけました」

それまで黙っていたお半が、口を出した。

「どのような者ですか」

三樹之助が聞き返した。

「白い小袖に直垂のようなものを重ねて着て、兜巾を被っていました。背中に笈《おい》を担っていたので、祈禱師ではないかと思いました」

「ほう」

「ただ、かなり離れていましたので、そのままにいたしました。でも今になると、気にかかりまする」

頭巾の賊は、真剣を抜いて襲いかかった。それを承知で、離れたところにいながら、救出の手段を取らずただ眺めていた。

お半は、そういうことを言いたいらしかった。言葉尻に憤懣《ふんまん》があった。この婆やは、憎いと感じた相手には、憎悪を剝き出しにする。

「顔は見たのですか」

「見ました。提灯の明かりは届きませんでしたが、顔も見えました」

善右衛門は、祈禱師に関わりは一切ないと断言した。たまたま見ていただけの、野次馬なのかもしれない。他人の厄難を、ただ眺めるだけで何もしない者が世間にはいる。

こうしている間にも、時は過ぎてゆく。源兵衛が現れたところで三樹之助は、麴町の酒井屋敷の前まで志保とお半を送り届けた。

志保の着物にも血が付いていた。高価な品のはずだが、そのことには一言も触れなかった。

七

釜焚きをして、朝一番の湯が沸《わ》いたところで、三樹之助は源兵衛に伴われて夢の湯を出た。

昨夜あった、小僧常吉殺害と善右衛門襲撃の探索である。

出かける前に、冬太郎の様子を見に行った。

「せっかく志保さまを送ったのに、とんでもない目にあっちゃったね」

寝床で、ようやく半身だけ起き上がれるようになった。体が快復し始めたからかもしれないが、冬太郎は生意気なことを言った。おナツが、昨日のことを喋ったらしかった。

「せっかく」とは何事だと、少しむっとなったが、子どもに腹を立てても仕方がない。半人前とはいえ、由吉が男衆の一人として入ってきたので、多少は外出しやすくなった三樹之助である。

昨夜源兵衛が、現場に到着してから、手先に周辺の聞き込みをさせた。武家地ということもあって、頭巾の侍や不審な者を見かけたという証言はえられなかった。

お半が見かけたという祈禱師は、辻番の老人が見かけたと言ったが、それだけのことだった。賊と一緒にいた場面を見たわけではないのだ。

路上を検《あらた》めさせたが、血痕《けっこん》は残っておらず、血刀は拭われ鞘《さや》に納められたものと思われた。夜の武家地ならば、返り血を浴びていても人に近づかなければ気づかれない。頭巾を取ってしまえば、怪しまれることもなくなる。

まんまと逃げおおせてしまったのである。

常吉は、信濃屋に奉公して五年目の小僧であったという。初めは不器用な子だったが、少しずつ奉公に慣れてきた。今では主人善右衛門の供を命じられるまでになった。そういう小僧を、いとも容易く斬殺した頭巾の侍を、三樹之助は許せない。源兵衛に言われなくても、捜し出したいと考えていた。

「これから出かけるのは、神田平永町《ひらながちょう》ですぜ」

歩き出すと、源兵衛が言った。

昨夜信濃屋善兵衛は、自分を恨んだり憎んだりしている者はたくさんいると答えていた。そこで取りあえず、特にと思われるものを何名か挙げさせて、今日はそこを回ることになった。

手掛かりは何もなかった。信濃屋を除く目撃者は、三樹之助と志保、それにお半の三人だけだった。しかもその中で、賊の素顔を見たのは一人もいないのである。

筋違橋《すじかいばし》を渡ると、賑《にぎ》やかな八《や》つ小路《こうじ》に出る。露店の並ぶ広場を抜けて、平永町の家並に入った。

表通りから路地に入って、小さなしもた屋の前に出た。

「ここは、前に芝《しば》で材木を商っていた、楠田屋徳兵衛《くすだやとくべえ》という者が住んでいるんですよ」

源兵衛が言った。信濃屋の商売相手だったが、三年前に店を潰した。問屋の信濃屋から、材木を仕入れていたのである。

「善右衛門にしてみれば、材木の代の払いが悪かったので、品を卸《おろ》さなかったってんですがね。そのために、大どころの商いをしくじってしまった。品を納めることができず、それが界隈《かいわい》の噂になっちまった」

「それで店が、傾いたわけだな」

「三代続いた店だったってんでね、恨みが骨の髄《ずい》まで染み込んでいるだろうということでした」

余所の店に修業に出ていた倅がいて、そのまま番頭として奉公している。何がしかの銭もあったので、夫婦でどうにか暮らしていた。

これは善右衛門が、源兵衛に話したことである。

「あの信濃屋は、阿漕《あこぎ》な憎まれ者なのであろうか」

「さあ。そこらへんは、これからの調べによりますね」

亡くなった常吉の葬儀は店で出す。失った命はどうすることもできないが、親にもそれなりのことをするつもりだと話していた。

「そりゃあんな悪党、他にはいませんよ」

五十代半ば、浮腫《むく》んだ黄色い顔をした徳兵衛は、信濃屋について話を聞きたいと声をかけると、上気した赤ら顔になって喋った。怒りと憎しみが湧き上がったらしかった。

三樹之助と源兵衛は、上がり框《がまち》に腰を下ろして話を聞いた。土間の台所と板の間、それに畳の敷いてある部屋が一つあるだけの、小さな家だった。

「それは確かに、支払いが遅れたことはありますよ。でもね、少し待ってくれたらば、きっちり払うことができたんだ。材木を卸さなかったのは、値上がりを待っていたからですよ。本当に商売に汚いやつでした」

「いつも、そういうやり方なのかね」

問いかける源兵衛は、言わせるだけ言わせる。

「もちろんですよ。痛い目に遭《あ》ったのは、うちだけじゃないはずです」

昨夜善右衛門と小僧が頭巾の侍に襲われた話をすると、徳兵衛の目の色が変わった。

「それで、あいつは助かったんですかい」

「小僧が斬られることになったな」

「そりゃあ惜しいことをしましたね。あいつがやられればよかったのに」

いかにも残念という顔だった。

「昨夜《ゆうべ》はどこにいたのかね」

「ずうっと家にいましたよ。女房も知っていますし、外に出れば、誰かにあったはずですから。調べてみてくださいな。それにあたしが関わっていたら、しくじったりしませんよ」

徳兵衛は、胸を張って言った。

「だいたい背の高い腕達者の侍なんて、知っているわけもありません。雇う銭もありませんしね」

最後にそう付け足した。

次に行ったのは神田川の北河岸、大川《おおかわ》にも近い浅草福井町《あさくさふくいちょう》の裏長屋だった。二年前まで信濃屋で、材木の職人頭をしていた三十半ばになる朋七《ともしち》という男である。

深川馬場通りの居酒屋で、配下の職人二人を含めた三人で、喧嘩《けんか》騒ぎを起こした。相手は鳶職《とびしょく》の若い衆が六人だった。若い衆は、信濃屋の材木にケチをつけた。売り損ねた古材を削って、高値で売っていると目の前で声高にやられた。

初めは穏やかに声をかけたが、相手は酔っていた。数をたのむふうもあって、引かなかった。配下の職人が手を出して、殴りあい蹴りあいの大掛かりな喧嘩になってしまったのである。そして三人は、六人を打ちのめしてしまった。

朋七らが、信濃屋の職人であることは、店にいた者たちは皆知っていた。深川では知られた材木問屋の職人が、喧嘩で鳶職に怪我をさせたのである。朋七は、二十数年奉公して職人頭にまでなりながら、店をやめさせられた。

朋七は今、荷船の船頭をしているということだった。

三樹之助と源兵衛が長屋へ行った時には、すでに出かけた後だった。そこで近くの大川の船着場へ回って、ようやく話を聞くことができた。

「昔の主人にこんな言い方をするのはなんですがね、あいつは人の気持ちってものがまったく分からねえ野郎ですぜ」

朋七は最初にそう言った。

「あっしらは、ありもしねえ信濃屋の悪口を言われたんで、ああいうことになったんですよ。しかも初めから喧嘩腰でやったわけでもねえ。それなのにあいつは、すぐにばっさりとやりやがった」

腹に据《す》えかねている様子だった。

善右衛門が昨夜襲われた話をすると、徳兵衛のようなことは言わなかったが、面白がる気配はどこかにあった。

「昨夜《ゆうべ》は、蔵前通りの『みはる』っていう煮売り酒屋で酒を飲んでいやした。店の者は、皆知っていやすぜ」

朋七はそう言って、船に乗り込んだ。

さらに霊岸島《れいがんじま》の大工の親方と本所《ほんじょ》の材木屋を訪ねた。大工の親方とは、材木の値で折り合いがつかず、納品がなされなかった。そのために得意先から信用を失って、以後しばらく仕事がなくなった。そのことを恨んでいたのである。

本所の材木屋は、楠田屋と同様で支払いが滞《とどこお》り、信濃屋と悶着が起こった。

どちらも、今でも腹を立てていたが、昨夜の居場所ははっきりしていた。回った四人の話については、どれも裏を取った。

「もしあの者たちの指図で手を下したのならば、あの頭巾の侍は、金で雇われたことになるであろうな」

「へい。そうですね」

本所からの帰り道、両国橋《りょうごくばし》を西へ渡りながら三樹之助と源兵衛は信濃屋の話をした。四ヶ所回ったので、すでに夕暮れ時になっている。

冬太郎の容態や夢の湯のことが、ちらと頭に浮かんだ。

「あの者たちは信濃屋を恨んでいるということだが、話を聞いていると主人の善右衛門が、すべて悪いとは考えられぬ気がするな」

三樹之助は、胸にあった気持ちを伝えた。

「まあ払いがなければ、納品を控えるのは、どこの商人でもするでしょうからねえ。それで潰れたのならば、まずいのは相手よりもてめえかもしれやせん。店の者が喧嘩をして相手に怪我をさせれば、事情はどうであれ置いてはおけないでしょうしね」

源兵衛も同じことを考えたらしい。巡った四人が、昨夜の襲撃者に繋がるかどうかは疑問だった。

探索は、まだ振り出しにいるままのような気がした。

「もう少し、信濃屋善右衛門について探ってみやすよ」

源兵衛は言った。頭巾を被った賊は、行き当たりばったりで襲ってきたのではない。何らかの因縁《いんねん》があって、刃《やいば》を向けてきたのだと源兵衛も三樹之助も考えている。

八

「ひっく。うー、さぶい」

東叡山から吹き降ろす風が、不忍池の水面を渡って体にあたってくる。上野広小路《うえのひろこうじ》近くでしたたかに飲んだ酒で、日雇《ひやと》い大工吉助《きちすけ》の体はしばらく火照《ほて》っていた。だが池之端の道に出たところで、ぶるっと寒さが襲ってきた。

大工の仕事にありついて、今日は建て前だった。三十近くの歳になっても半端仕事しかさせてもらえない日雇いの身の上だが、取り掛かった家が建つまでは、毎日使ってくれると親方が言ってくれた。

上機嫌で飲んだ振る舞い酒なのである。

四半刻くらい前までは、まだ薄っすらと西空に赤味があったが、今はまったくなっている。吉助はふらつく足取りで、湯島切通町の自分の長屋へ向かっていた。

提灯など持ってはいない。神無月も六日になって、上弦の月も少しずつ太くなってきていた。不忍池にも月が映って、小さく揺れている。

「今夜は夢の湯に浸かって、さっさと寝ちまおう」

吉助は、そんなことを呟《つぶや》いている。仕事がないときには、十文の湯賃だって惜しいが、今日は懐に銭が入っている。しばらくは、明日食う飯を気遣う必要がないのが嬉しかった。

湯にも毎日入れる。

道具箱を担っているが、このまま夢の湯へ行こうと考えた。いったん長屋へ帰るのは面倒くさい。

ふと気がつくと、十数間先に提灯を持って歩いている人の後ろ姿があるのに気がついた。足早に歩いているらしく、少しずつ離れてゆく感じだ。

他には通りに、人の気配はない。

「ありゃあ、坊主じゃねえか」

淡い提灯の明かりに浮かび上がる人の姿は、僧侶のものだった。酔眼《すいがん》でも、それははっきりと分かった。

「ひっく。こんな刻限に、どこへ行くんだ。女のところかい」

呟きながら、笑った。僧侶は妻帯しないのが建前だが、寺とは別のところに家を持ち、そこに女房や子どもがいるなどという話は珍しくはなかった。それくらいは、吉助でさえも知っていた。

「ちくしょう。うまいことやりやがって」

吉助は独り者である。女房を得られる当てなど、小指の先もなかった。一人で食うのがやっとの暮らしだ。

不忍池から、風が吹き上げてきた。またぶるっと背筋を震わせた。そして前に目をやってから、息を呑み込んだ。

心の臓がドクドクと鳴りだした。足が動かなくなっている。闇の中に立ち尽くした。

頭巾を被った長身の侍が、僧侶に襲いかかったのである。現れたときには、刀を抜いていた。

「な、何をなさる」

僧侶が提灯をかざしながら言っていた。若くはない。四十過ぎだと感じた。じりじりと後退《あとじさ》っている。

侍が刀を振り上げた。刀身が、月の光を受けて輝いた。

吉助はこの場から逃げ出したいが動けない。助けを呼ぼうにも、声も出なかった。酒の酔いなど、吹っ飛んでいる。

「とうっ」

刀が振り下ろされた。肉と骨を裁つ鈍い音が、こちらまで聞こえてきた。

「わあっ」

短い叫びを上げた僧侶が、前のめりに倒れた。侍が刀を振るったのは、一回だけだった。

地べたに落ちた提灯が、ぼうと燃え上がった。頭巾の侍は、血刀を僧衣で拭うと鞘に納めた。そして倒れた懐から財布を抜き取った。

侍は池之端の道を、闇に向かって駆け込んで行った。

呆然としていた吉助だが、闇の中に白いものが掠《かす》めて行くのに気がついた。人が他にもいた。白小袖に直垂を重ねた姿で、兜巾を被っていた。背に四角い笈を背負っている。

賊の侍が走って行ったのとは別の方向へ、駆け出した。

手出しはしなかった。やや離れた場所から、襲撃の様子を見ていたのだと思われた。

吉助は、ぶるぶると体を震わせて立ち尽くしていた。声を出そうとしたが、口から息が漏れ出ただけだった。

どれだけそうしていたのか。ようやく我に返った吉助は、「ひやあっ」と叫びながら、夢の湯へ向かって走り始めた。手にしていた道具箱など、ほっぽり出している。源兵衛に伝えなくてはと、そればかりを考えていた。

第二章　遊び人

一

暮れ方になると、仕事を終えた職人やお店者《たなもの》が湯屋へやってくる。この頃になると子どもの姿は見かけない。男湯は一日で一番混むが、女湯は徐々に空いてきた。女房連中は、そろそろ晩飯の用意にかかる刻限である。のんびり湯に浸かっていられるのは、大店《おおだな》の娘か婆さんといったところだ。

御殿医が診察に来てから四日目となった冬太郎は、今日になって寝床をたたんだ。昨日から平熱に戻って起き上がりたがっていたのだが、お久は今日の昼頃まで寝かしておいたのである。

「外に出ちゃあだめだよ」

何度も、そう言われていた。寺子屋から帰ってきたおナツが、見張りのように傍についで離れなかった。

冬太郎は、もともと外遊びをする子どもではなかった。夢の湯の板の間にいるか、釜焚きをしている三樹之助の傍にいて、一人遊びをしているのが常《つね》だった。

「獲った小魚を持って帰れなかったのは、残念だ。でも志保さまや三樹之助さまに助けてもらってうれしかった。ありがとう」

寝床から出てきて三樹之助の顔を見たとき、冬太郎はそう言って体に触れてきた。頭を撫でてやると、体をべたっと引っ付けてきた。

やけに可愛いと、三樹之助は思った。

「甘ったれているね」

横にいたおナツがからかった。しかし冬太郎の快復を誰よりも喜んだのは、この幼い姉だった。

夢の湯の暮らしが、常のものに戻ってきた。客も、冬太郎の顔を見て「よかったな」と声をかけた。

日が傾き始めると、すぐに暗くなる。早く熱い湯に浸かりたいと、駆け込んで来る客も少なくなかった。

日が落ちて少しした頃、男湯に顔色を変えて駆け込んできた者がいた。馴染《なじ》み客の日雇いの大工吉助だった。

「て、てえへんだ」

息を切らし、口をぱくぱくさせている。

「ちいっと落ち着きなさい。何がなんだか、分からないじゃないか」

番台の五平がたしなめた。

「こ、殺しだ。坊さんが、頭巾の侍に襲われたんだ」

夢の湯の板の間は、男湯も女湯も大騒ぎになった。悲鳴をあげた者もいる。源兵衛が、走り出て行った。

下帯一つで湯汲みをしていた三樹之助も、着物を身につけると池之端へ向かった。

現場には、いくつもの提灯が出ていて遺骸《いがい》を取り囲んでいた。町役人《ちようやくにん》だけでなく、野次馬も集まってきている。

源兵衛が、体を検《しら》べていた。僧侶は肩から袈裟に、ばっさりとやられている。裂けた衣服に血が染みていた。他に傷跡は見られなかった。

四十をやや過ぎた頃合で、ふっくらとした顔立ちである。身につけている僧衣は上物で、身分の高い僧侶だと思われた。白足袋《しろたび》が泥に汚れている。

懐を探ると、数珠《じゅず》と懐紙《かいし》が出てきた。財布は入っていない。もともと持っていなかったのか、奪われたのか。身元が知れるものは、何も見当たらなかった。

「この坊様が、誰だか分かる者はいねえかい」

源兵衛が、野次馬たちに声をかけた。居合わせた者たちは、顔を見合わせて首をかしげた。

「あのー」

一人だけ声を上げた者がいた。三十絡みの、小商人《こあきんど》といった風情の男だった。

「おれは寛永寺《かんえいじ》の門前で屋台店を出しているんだが、何度か顔を見たことがある。その坊様に違いないですぜ」

そう言われて、寛永寺へ使いを出した。すると二人の僧侶と寺侍がやって来て、遺骸を見詰めた。

「ああ、これは麓詮《ろくせん》様ではないか」

二十代後半の井原《いはら》なる寺侍が声を上げた。権律師《ごんのりっし》という僧官を持つ、寛永寺の高僧だとか。

「そんな偉い坊様が、一人でお歩きになるんですかい」

「いや、それはな」

栗原は野次馬から離れたところへ、源兵衛を連れて行った。

「麓詮様は、妻女をお持ちでしてな。そこへ向かおうとなさっていたのでござるよ」

それで事情を理解した。妻の住まう家は、下谷《したや》茅町《かやちょう》二丁目東叡山領の町家だそうな。不忍池を越した、目と鼻の先の場所である。それでも駕籠を使うこともあったが、たいていは私事だということで歩いた。

もちろんそこへも、使いをやった。

源兵衛は手先を、周辺に走らせている。事件の目撃者と、逃げてゆく姿を見た者を捜させた。

夢の湯へ知らせに来た吉助が、再び現場に戻って来た。知らせを聞いたときには、すぐに飛び出してしまった。先ほどは詳しい顚末を聞いていなかったので、改めて源兵衛は問い質した。これには三樹之助も加わっていた。

「い、いきなり現れやした。き、斬ったあとは、財布を抜いて、逃げて行ったんです」

惨状を思い出したのか、二、三度首を振ってから怯えた顔で言った。

「待ち伏せていたのだな」

「そ、そうだと思います」

外見について吉助が覚えていたのは、賊が頭巾を被っていたことと、背丈が殺された麓詮よりもかなり高かったことだけだった。

「賊は一人だけか」

「へ、へい」

そう答えた後で、吉助はあっという顔をした。

「他にも誰かいたのだな」

「ち、近くじゃあありやせんでしたが、一人いやした。木の陰にいて、直垂姿で笈を背にした、祈禱師みたいなやつでした」

「なんだと。祈禱師だと」

声を出したのは、三樹之助である。信濃屋善右衛門が襲われたとき、人に知らせに走ったお半が見かけたのも、祈禱師だった。

「その男は、どうしたのだ」

「別々の方向に、走って行きました」

源兵衛と三樹之助は顔を見合わせた。信濃屋を襲った人物と、同じ者の仕業《しわざ》かと考えたからである。一刀のもとに斬り倒した見事な剣の腕前。長身と直垂姿の祈禱師らしい男の存在。

偶然が二度続くとは、思えなかった。

「祈禱師の顔を見たのだな」

「え、ええ。ですが、暗がりでした。もう怖ろしくて怖ろしくて、何も覚えていやせん」

これは本音だと考えられた。男だからといって、お半よりも性根が据わっているとは限らない。

吉助から聞き出せるのは、それくらいだった。

「信濃屋も麓詮も、金を持っているように見える。物盗《もの と》り目当てで襲ったのか、それとも他に何か狙いがあるのか」

「どちらの線も、ないとは言えねえでしょうね」

三樹之助の問いかけに、源兵衛は答えた。

状況から見て、同じ侍の犯行と考えられるが断定はできない。また何かの狙いがあったと考えても、深川の材木屋と寛永寺の僧侶では繋がらない気がした。

そこへ三十代後半とおぼしい垢《あか ぬ》抜けた身なりの女が、青ざめた顔で駆けつけてきた。

「お、おまえさま」

倒れている僧侶の姿を見て息を呑んだ。そして恐る恐る近づき、両膝をついた。首から下には、藁莚《わらむしろ》がかけられている。

あまりに惨《むご》いので、源兵衛がかけさせたのだ。

女は死に顔に手を触れさせた。数呼吸の間そうしていたが、「うっ」と声を上げて泣き始めた。

麓詮の女房お久実《くみ》だった。しばらく泣かせたあとで、話を聞いた。今夜は来ることが分かっていたので、晩飯を用意して待っていたところだと言った。

お久実とは、六年前に夫婦となり家を持った。四歳と二歳の娘がいるという。寺の主だった者は、このことを知っていた。麓詮は懐に、常々二、三両の金は入れているとのことだった。

「何か、恨まれるようなことが、ありましたかい」

源兵衛が尋《たず》ねると、お久実は顔を強張《こわば》らせて激しく首を横に振った。

二

朝の日差しが、東叡山の森にあたっている。寛永寺の僧侶が斬殺されたが、東叡山黒門前の広場は、一見すると普段とそう気配が変わるわけではなかった。

ただ山門や下馬《げば》のあたりなどに、寺社方の警固の侍の姿がうかがえた。ここにはいつもとは違う、物々しい雰囲気があった。公務の中ではなく、私事の表向きにはできない妻女のもとへ行く途中での災難である。

瓦版《かわらばん》は売られていなかった。徳川家菩提寺《ぼだいじ》の僧が殺されたことで、版元は出すのを遠慮したのだ。そうするように声掛けをしたのは、源兵衛だ。

探索はとりあえず、町方寺社方それぞれが行うことになっていた。もちろん源兵衛も、これに加わっている。というよりも源兵衛は、このあたりの町や人物については知悉《ちしつ》しているから、定町廻《じょうまちまわ》り同心に頼りにされる立場だった。

夢の湯を開けたあと、三樹之助は源兵衛に伴われて、寛永寺の寺侍栗原を訪ねてやって来た。

栗原からは、改めて話を聞くことになっていた。境内《けいだい》に入ると、人の気配が少なくなった。大寺でも、浅草寺《せんそうじ》のように露店や人でいっぱいではなかった。寺侍の詰所があるという建物の一室で、対面をした。

「たいそう世話になったな」

現れた栗原は、まず源兵衛にそう言った。

真っ先に寺へ知らせを走らせた。麓詮の女房を呼びに走った後は、野次馬を追い払った。瓦版も出させてはいない。そうしたことを踏まえて、栗原は口にしたのである。

「昨夜ご内儀様は、麓詮様は人に恨まれることはないとおっしゃっていましたが、そのへんはどうなんでございましょうか」

源兵衛は丁寧な口調で問いかけた。

「うむ。心《しん》の強い方だが、下心を持って人に何かを働くなどは聞いたことがないな。下の者への面倒見も悪くはなかった。妻帯こそしておられたが、人望もあり、寺内の祭式や社務には重いお役目を担われた」

「お尋ねしにくいのですが、僧侶の方々に悶着があって、そのどちらかに加担しているというようなことは」

寛永寺には、三千人近くの僧侶がいると聞いている。それだけいれば、派閥もあるだろうと考えての問いかけだった。

「なるほど。その縺《もつ》れで襲われたと考えたのだな。だがそれはないのではないか。麓詮様は、そういうお仲間には与《くみ》することがなかったからな」

「では、信濃屋善右衛門という材木問屋、それに白小袖に直垂姿の祈禱師といった者に関わりはなかったのでしょうか」

「わしは知らぬな。だいたい寛永寺の高僧である方が、町の祈禱師と関わりがあるとは考えられぬ。ただあの方はなかなかに気さくでな、顔の広いところがあった。寺領の商家や香具師《やし》の親方など、そういう者との付き合いもござったな」

もちろん大名家や旗本家にも顔見知りは多数いた。その中には長身の侍もいるはずだが、斬り殺すほどの恨みを持っている者となると、頭に浮かばないということだった。

親しくしていた寺領の商家や香具師の親分の名を聞いて、栗原との話はとりあえず終わりにした。麓詮の下の位の若い僧二人からも話を聞いたが、返ってきた答えは、栗原とほぼ同じだった。

高い身分の僧侶からも話を聞きたかったが、町の岡っ引きふぜいでは相手にしてもらえない。寺社方が聞き取りを行い、町方がその報告を聞く段取りになる。

境内から出た源兵衛と三樹之助は、上野広小路の東側、上野北大門町《きただいもんちょう》東叡山拝領町屋にある出羽屋《でわや》なる酒屋へ足を向けた。麓詮と親しくしていたという主人は、五十二、三の小太りの男だった。

源兵衛とも顔見知りであった。

「とんでもないことになりました」

顔を見ると、すぐにそう言った。麓詮が斬殺されたことは瓦版にこそならなかったが、界隈には知れ渡っていた。人の口に戸はたてられない。

「麓詮様がそのようなご難を受けるとは、考えもしませんでしたな。不運なことでございます」

出羽屋は、物盗りの仕業だと考えているらしかった。栗原らと同じように、恨みを買うような人物ではないとの考えが口ぶりの根底にあった。

「それはお寺さんでも、何の悶着もないことはございませんでしょうからな。しかしそうなると、私どもでは見当もつきません」

「寛永寺の偉い坊様と知り合いになったのは、どういうことからなのですか」

三樹之助が、口を出した。普通ならば、接点がない気がしたのである。なにしろ寺のことは、よく分からない。

「かれこれ十年近く前のことですな。町で寄進の酒を届けることになったとき、窓口になってくださったのが麓詮様でした。それ以来でございますよ」

「なるほど」

そういう知り合い方があるのかと思った。

僧侶といっても、ただ念仏を上げているばかりがお役目ではない。寛永寺のような大きな寺になれば、関わりのない者には想像もつかないような役割があるのだと分かった。

「それでは今、麓詮様はどういうお役についていたのでしょうか」

「さあ、それはお話しになりませんでしたな。あるいは寺の、秘事なのかもしれません」

出羽屋の主人も、麓詮の口から信濃屋や祈禱師について口から出てきたことはなかったと語った。

次は、上野町二丁目年貢町屋《ねんぐまちや》である。広い敷地が、垣根で囲まれていた。付近に腕や背中に彫物をした若い衆が三人、たむろしている。

上野広小路で商いをする露店のあらかたを束ねる、河内屋長三郎《かわちやちようさぶろう》という香具師の親分の家だった。

若い衆は源兵衛の顔を見ると、ぺこんと頭を下げた。ここでも源兵衛は、顔を知られている様子だった。

その顔の広さには、三樹之助も改めて感心した。夢の湯では、一日いることがないので、お久から毎日のように苦情を言われている。言い返しもしないで、渋い顔つきで聞いている姿は滑稽《こっけい》にも見えるが、外へ出ると凄腕《すごうで》の岡っ引きの親分だった。

屋敷を抜け出した三樹之助を拾って夢の湯に置いてくれたのも、岡っ引きとして事件に関わっていたときである。着物を脱いだ体には、たくさんの刃物傷があった。源兵衛が過ごしてきた人生の跡が、体に刻み込まれている。

「親分、ご苦労様でございやすね」

部屋に通されるとすぐに茶菓《さか》が振る舞われ、長三郎が現れた。四十絡みの年齢で、元は相撲取《すもうと》りだったかと思わせる巨漢だった。この男に睨《にら》まれたなら、子ども泣き止むに違いがなかった。

もちろん訪れたのが、麓詮殺しの一件だと承知の上での言葉だった。

「ふざけた野郎ですな。どのような企みがあったんでしょうかね。寛永寺に関わることなのでしょうか」

闇の社会にも出入りする男だから、単なる物盗りの仕業だとは考えず、裏があると踏んでいる口ぶりだった。源兵衛が逆に問いかけた。

「麓詮様を、恨んだり憎んだりしている者が、いるのではないか」

「まあ、ないとは言えねえでしょうよ。いくら偉れえ坊さまでも、気に食わねえと思う野郎はいるでしょうからね」

「そういう者を思いつくかね」

源兵衛は長三郎を見詰めた。

「ありやすよ。広小路の縄張りは、おれら香具師にとっては命の綱だ。六年ほど前に、邪魔をしようとしやがったやつがいる」

「ああ、そういえば。そんな話があったな」

「覚えていやすかい。力でぶっ潰すことができねえわけじゃあなかった。だが寛永寺様のお膝元で、そんな騒ぎはできるだけ起こしたくはねえ」

「そうだったな。あのときは、寺の偉い坊様から、露店の仕切りは河内屋に任せるという一筆を、貰ったっけ」

「ええ。だから大事にならずに、あいつらを追い出すことができたんですよ」

寺にしてみれば、安定した仕切りをする者がいることは都合がよい。だがその一筆を、何もしないで寺から受け取れるとは思えなかった。

「口利きをしてくれたのが、麓詮様だったわけですよ」

「相手にしてみれば、麓詮が憎いと思うわけだな」

「そういうことでさ。殺してやりてえと、考えたかもしれねえでしょうね」

長三郎はそう言って、ふうっと息を吐いた。冷めかけた茶を、ごくりと飲んだ。

「それで。いってえそいつは、どこの誰なんでえ」

焦れたように、源兵衛は言った。三樹之助も固唾《かたず》を呑んでいる。

「梶原屋弥平《かじわらややへい》てえ、けちな野郎なんですがね。そいつはすったもんだのあった一年ばかり後に、亡くなっていますね」

「死んだだと」

源兵衛の声から、力が抜けた。さんざんもったいをつけられたあとである。

「でもね、夢の湯の親分さん」

長三郎は、ぎらっと目を輝かせて言った。

「ということは、他にもあるんじゃねえですかね。麓詮様にしてみれば、よかれと思ってしたことが、人に恨まれるってえことはないとは言えませんぜ」

そう言われると、頷くしかなかった。

「では他に、何があるんでえ」

「そりゃあ、こちらには分からねえことですよ。探り出すのが、親分さんのお役目じゃあありやせんかい」

長三郎は、なかなかに抜け目のない男だった。信濃屋善右衛門という名は、知らないと答えた。

「兜布を被った直垂の祈禱師ならば、知っていますよ。そういう野郎にも、場所を整えてやることがありますからね」

三名ほどの名をあげた。どれも、怪しげな連中だそうな。祈禱はまがい物で、悪霊が取り憑《つ》いているなどと、通りがかりの気の弱そうな者に声をかけて脅す。

「悪霊祓《ばら》いをして進ぜよう」

そう誘って、祈禱料を掠め取る連中である。

長三郎の家を出てから、聞いておいた三人の祈禱師の住まいを回った。どの男も狡《ずる》そうな目をした胡散臭い者たちだったが、昨晩の犯行時にどこにいたか、明らかになってしまった。

誰も池之端には行っていない。

三

殺された麓詮について、もう少し調べなくてはならない。このままでは何の手掛かりも得られていなかった。

麓詮は身分の高い僧だが、その割には気さくで、上野広小路の商家や露天商にも顔見知りがあった。そこでこのあたりからも話を聞く。

翌日源兵衛と三樹之助は、別々にあたってみることにした。その方が、たくさんの者から話を聞ける。一刻ほどしたら、落ち合う段取りだ。

「何ですかい、麓詮という坊様ねえ。聞いたことがありませんねえ」

三樹之助は目に付いた者に片っ端から聞いてゆくが、そういう反応をする者があらかただった。一昨日の晩、寛永寺の僧侶が殺されたことは知っていても、名まではっきりとは覚えていないのである。

ただそうでない者も確実にいた。

「ええ、いつも通りかかると、お茶を飲んでいただきました」

三樹之助が問いかけて、最初に知っていると言ったのは、露店のお茶売りの婆さんだった。立ち飲みでいっぱいの茶を淹《い》れて、四文を得る商売である。葉茶も決して高級なものなど使っていない。

「とんでもないことに、なりましたねえ」

しんみりとした物言いだった。

「どんな話をしたのかね」

「風邪を引いてないかとか、商いはどうだとか、そんなことを聞いてくれました」

茶を飲む間、広場の様子や人の噂話などを尋ねられた。もちろん、茶代はきちんと払ってくれた。

「自分のことは話さなかったのかね」

「それはありませんでしたね。おかみさんはいるんですかとか、お生まれはどちらですかとか聞いても、にっこりするばかりでした」

麓詮の思い出話をする老婆の顔つきは悪くなかった。亡くなったことを、惜しんでいた。

「いい人だって。とんでもない。一度言い出したら、梃子《てこ》でも動かない人でしたよ」

そう言う者もいた。筆墨屋《ひっぽくや》の主人である。

「寛永寺さんで使う筆や墨は、たいへんな量です。そこにうちが食い込めたなら、商いの格もあがります」

近辺の筆墨屋が、願い出に行った。納入業者はすでに決まっていて、新規の参入は難しかった。しかし一軒だけは、納品を許された。

「上物の品を、利を薄くして出したんですよ。ならばうちは、少々の損はあっても、かまわないので入れさせてくれとお願いしたんですがね。首を縦に振ってはもらえませんでした」

寛永寺御用達《ごようたし》になれるのならば、多少の損もかまわない。そう考えての申し出だったが、商人がわずかでも利を得ぬのはおかしいと言って、窓口になった麓詮は応じなかったのである。

「それで出入りを許された店と同じ値で、同じ品を入れると言ったんですが、だめでした」

「では、恨んでいるのか」

「いや、それほどじゃありませんが、頑固《がんこ》な人ではありましたね」

さらに続けて聞いてゆく。が、麓詮を知っていると答えた者のあらかたは、露店のお茶売りの婆さんに近い反応だった。

二十人以上に話を聞いて、そろそろ源兵衛と待ち合わせの刻限になった。その前にもう一人ということで、三樹之助は、露店の唐辛子《とうがらし》屋の女房に声をかけた。

「ええ、親しかったわけじゃありませんけど、目が合えば、挨拶《あいさつ》ぐらいはしていましたよ。あたしみたいな者にも、腰の低い人でした」

この女房も、悪くは言わなかった。

「お見かけするのは、たいていこの辺なんですけどね、一度だけ、思いがけないところで顔を見たことがあります」

「ほう、どこでかね」

「王子《おうじ》の、扇屋《おおぎや》という料理屋に入って行くところでした」

「一人でかね」

「入っていったのは、一人ででした」

王子飛鳥《あすか》山の山裾、音無《おとなし》川に架かる飛鳥橋のあたりには、壮麗な造りの料理屋が二軒並んでいた。どちらも老舗《しにせ》料亭で、扇屋と海老《えび》屋といった。王子稲荷《いなり》での参詣《さんけい》を済ませた金持ちが、食事をして半日寛ぐ場所として知られていた。

唐辛子屋の女房は、王子に在所があって、そこへ出かけた折に見かけたということだった。

「頭巾を被っていましたけど、あたしはすぐに分かりました」

「いつのことだね」

「つい最近ですよ。そうそう、今月の朔日か二日ですね」

女房は、少し考えてから口にした。

「ほう、いってえ誰に会いに行ったんでしょうかね」

上野広小路のはずれ、三橋《みはし》で源兵衛と落ち合った。聞いたばかりの話を三樹之助がすると、関心を持ったらしかった。

源兵衛が聞き込んだ麓詮についての話も、三樹之助がそれまでに聞いたのと同じようなものだった。王子の扇屋という名は、具体的な動きが分かる唯一の証言だった。今回の事件に関わりのある動きなのかどうかは、判断のしようがない。しかしそのままにするつもりはなかった。早速、行ってみることにした。

わざわざ一人で、王子まで飯を食いに行くのは、よほどのことでなければ考えにくい。誰と会ったか分かれば、探索の裾野が広がると考えた。

上野からならば、そう遠い距離ではなかった。

「あれが評判の扇屋だな」

源兵衛が指差した。

入口はどこにでもありそうな田舎風の料理屋である。しかし中に入ると広い庭があり、澄んだ水の流れる音無川に沿って座敷がしつらえられていた。川の向こうは築山《つきやま》になっている。

銀杏《いちょう》の黄色い葉が、はらはらと舞っていて、周囲の山の景色に彩《いろどり》を添えていた。

王子は江戸近郊の名所だけあって、上野広小路ほどとはいかないが、人出はけっこうあった。

「ここで昼飯を食ったら、うまかろうな」

三樹之助が呟いた。

源兵衛は腰の十手を抜いて、僧侶麓詮斬殺事件の探索として、扇屋を訪ねた。出てきたのは、四十代後半といった年恰好のおかみだった。抜け目のない眼差しをしていた。

「はて、寛永寺さまのお坊さまですか」

麓詮といっても分からなかった。身分の高い僧侶が、お忍びでやって来るのは珍しいことではないと言った。

常連ならばともかく、他の客に招かれて初めてやって来た場合には、名まで尋ねることは少ない。改めて紹介されたのならばともかく、そうでなければ名乗りもしないのが常だという。

「お顔を見ることができればねえ。何年も前に来たのならばともかく、数日前ならば覚えていますがね」

そんな言い方をした。

念のためと、何人かの仲居にも聞いてくれた。「さあ」といった曖昧《あいまい》な返事ばかりだったが、五人目に聞いた二十代半ばの仲居が、そういえばと何か思い出した顔をした。

「今月の朔日ごろでしたね。品のいいお坊さまがお出でになって、すでにお待ちになっていたお客さんと、一緒にお食事をなさいました」

僧侶の年頃や顔形を聞くと、麓詮のそれに当てはまった。

「その待っていた者とは」

「こちらも初めてお出でになりました。お坊さまが見えたら、部屋にお通しするようにと言われていました。中年の大店のご主人と四十歳前後のお武家さまです」

侍の背丈は長身ではなく、中背《ちゆうぜい》だった。身なりは悪くない。

「名は言わなかったのだな」

「はい。うかがいませんでした」

「互いに、名を呼び合ってはいなかったのか」

「いませんでした。私が入って行くと話が止まりました。内密の話をしているのだと思いました」

「長くいたのかね」

「一刻ほどです。用談がお済みになったあとは、笑い声なども上がって、和《なご》やかな感じでした」

料理の代金を払ったのは、商家の主人だったという。

源兵衛と三樹之助は上野に戻って、寛永寺を訪ねた。麓詮が殺されたとき、池之端の現場まで駆けつけてきた僧侶を訪ねたのである。

「麓詮様に限りませぬが、外での会食は珍しいことではありませぬな」

あっさりと言われてしまった。

それなりに身分のある僧なら、武家町人のどちらとも親交を持っている。お忍びで会食に呼ばれることはよくあり、そのことが取り立てて話題になることもないらしい。

ただ朔日は月の初めで法事があり、出かけたとするならば、二日だろうという話だった。

「会食なさった相手の方の見当ですか。さあ、どなたでしょうな。麓詮様のお付き合いは広うございますからな。どなたと決め付けることはできませぬな」

王子行きは、手掛かりに繋がらないままに終わってしまった。

四

源兵衛は、麓詮の女房のところへも行ってみると言った。女房ならば、あるいは相手が誰だか知っているかもしれない。そう考えてのことである。

亡くなって日にちもたたないから取り込んでいるだろうが、確かめずにはいられない性分だった。

三樹之助は、夢の湯に戻ることにした。男衆が一人増えたとはいっても、新入りである。それにお久は、今日は外出をすることになっていた。

冬太郎は快復したが、それは志保が名医と誉《ほま》れ高い御殿医山本宗洪を、ここまで連れてきてくれたからに他ならない。お久は酒井屋敷へ、何としてもお礼に行きたいと言い出したのであった。

「そのようなことには及ばぬ。気持ちだけで充分だ」

三樹之助はそう言ったが、お久は聞かなかった。一緒に行く冬太郎は大喜びで、留守番のおナツは朝から不貞腐《ふてくさ》れていた。

そろそろ八つ半（午後三時）を過ぎる刻限で、夢の湯も混み始める頃合だった。

裏木戸から中へ入って行くと、釜焚きをしていた新入りの由吉が、ほっとした顔で三樹之助を見た。

「どうした。また湯船の中で、もめているのか」

「へい。どうしたらいいんでしょうか」

由吉は困り果てた顔をしている。

湯屋にやってくる客は、おおむね熱湯《あつゆ》好きである。しかし誰もが熱湯を好きなわけではなかった。水でうめてくれという客もいれば、もっと焚けという者もいる。もっと焚けという者は、浴槽内部の羽目板《はめいた》を叩いて合図してくる。承知の合図は、羽目板を叩き返すことだが、うめろと叫ぶ客がいると面倒だ。

客同士でやりあうことはめったにない。男衆に対してそれぞれが苦情を言ってくるのである。

湯屋の者としては、お客さん同士で決めてくださいとはいえない。

熱湯好きは、たいてい強情な人が多い。

「熱いぞ、うめろ」

と叫ぶ人がいても、知らん顔で小唄《こうた》や鼻歌をうなっている。そして手だけは、しっかりと羽目板を叩いているのだった。

「やれ、けっこうけっこう。なんみょうほうれんげきょう」

などと目を瞑《つむ》って、何があろうと動じない爺さんもいた。熱湯嫌いは若い者が多く、じかにはなかなか苦情が言いにくい。

板ばさみになるのが湯屋の男衆で、特に新米はどうしたらよいかと途方に暮れる。

「かまわないさ。放っておけば、どちらものぼせて湯船から上がるさ」

初めの頃は気にしていた三樹之助だが、今は気にしない。どんなに頑固な爺様だって、四半刻熱い湯に浸かっていることはできないのである。

三樹之助は下帯一つになって、湯汲み番に入る。体を洗う流し板で、上がり湯を桶から汲んで客の手桶に入れてやる役目である。

江戸は水が貴重なので、体を洗う湯は浴槽から汲む。最後の上がり湯だけ、新しいきれいなものを使った。この上がり湯の入った桶に、客が使った湯垢のついた手桶を入れられてはたまらない。そのために湯屋では湯汲み番という役目の者が必要になった。

上がり湯は、男湯と女湯の境の羽目板のところにあった。どちらからも汲めるようになっていて、境の羽目板の下に人が潜れる程度の隙間が開いている。湯汲み番はここを潜って、男女両方の湯を、呼ばれるにしたがって汲んでやった。

混雑すると、両方に人を置かなくては捌《さば》ききれなくなる。

「早くしておくれよ。風邪を引いちまうじゃないか」

ぼやぼやしていると、そういう苦情を受ける。また若い湯汲み番にとっては、妙齢の女性も来るわけだから試練の場となる。

湯屋の奉公人も楽ではない。

「おっかさんと冬太郎は、何をしているんだろうね」

客が途切れたとき、おナツが傍に寄ってきて言った。志保の屋敷には自分も行きたかったが、遊びに行くのではない。朝のうちは不貞腐れていたが、ものの道理は分かっていたのである。

「お屋敷に行けば、夢の湯に来ているときのようなわけにはいかない。なにしろご大身だからな。冬太郎は窮屈な思いをして帰ってくるだろうよ」

三樹之助は言った。自分が初めて酒井屋敷へ行ったときのことを思い出している。

あのときの志保は、とんでもなく鼻持ちならない姫君だった。

着ていた兄の借着を、蔑《さげす》んだ眼差しで見て似合わないと言った。あのとき感じた圧迫感は、今でも忘れない。

酒井家の屋敷は、実家の大曽根家とは比べ物にならないくらい大きくて、重々しい空気が漂っていたのである。

それは幼い冬太郎でも感じるだろう。

女湯で、湯汲みの客が三人あった。荒物屋の婆さんと、近頃はだいぶ寒くなってきたという話をしてから、ふと脱衣をする板の間に目をやった。お久と冬太郎が帰ってきていて、おナツも傍にいた。

冬太郎は手に木箱を持って、踊りをおどっていた。機嫌がいいとき、この子どもはじっとしていられない。

そこで今度は、男湯から上がり湯を求められた。立て続けに何人か汲んで一息つくと、脇に冬太郎が立っていた。

「志保さまのお屋敷に、お礼をしに行ってきたよ。おいら、ちゃんとご挨拶をしたよ」

胸を張って見せた。

「そうか。でかした」

「うん。おりこうさんだって、志保さまが言った」

そのことを何よりも言いたかったらしい。三樹之助はことさら大げさに頷いてやった。

冬太郎はにっこりした。

「大きなお屋敷だね。まるでお大名のお屋敷みたいだった」

「まあな」

「志保さまは、おいしいものをたくさん出してくれた。一番おいしかったのはね、鶏《けい》卵《らん》。あんなの初めて食べた」

「なるほど」

三樹之助も一度だけ食べたことがあった。米粉を水でこねて餡《あん》を入れて包む。金柑《きんかん》くらいの大きさに丸めてゆでて、薄味噌仕立ての甘い汁に入れて食べるのである。鶏の玉子のように見える。

手の込んだ菓子だから、夢の湯の台所で作られる品ではなかった。冬太郎は、見たことも食べたこともなかったはずである。

その菓子を出されたときの冬太郎の顔が、目に見えるようだった。志保は挨拶に来ることが分かっていたので、用意をさせていたらしかった。

「それでね、また来たいって言ったら、いいって。お姉ちゃんと三樹之助さまと三人でおいでって。ねえ、ぜひ行こうよ」

「ええっ」

とんでもないことを言い出した。冬太郎がどう思ったかは分からないが、三樹之助にとっては、受け入れがたい提案である。

迂闊《うかつ》には返事のできない問題だった。

「これはね、いただいたおみやげ」

そう言って三樹之助をしゃがませると、口に何かを押し込んだ。舌の上で上品な甘さが広がった。落雁《らくがん》だと分かった。

志保が持たせたに違いなかった。

しばらくして、今度はおナツがやって来た。ぷりぷりとして、怒った顔だった。ほっぺたが膨《ふく》らんでいる。

「どうしたんだ」

三樹之助は聞いてやった。何かを言いたくて仕方がないのである。

「あいつ、おいしいものをたくさん食べてきたらしい」

「そうらしいな」

「おみやげだって、たくさんもらってきた。なのにあたしにくれたのは、落雁を二つだけ。それだけだよ」

「うむ」

「あたし、冬太郎があんなに意地悪でケチだとは知らなかった。病《やまい》で寝込んだときは、さんざん気遣ってやったのに。もう知らない」

怒りは頂点に達しているらしかった。冬太郎は馳走《ちそう》になったうまい食べ物を、逐一《ちくいち》おナツに話したのである。なのに土産《みやげ》は、木箱にいっぱいある落雁の中から二つをくれただけだった。

ケチだと言った言葉を、三樹之助も否定することができなかった。

「もう、何にもしてやらないんだ」

これはおナツの宣言として聞いた。女を怒らせると怖い。冬太郎はまだ、そのことを知らないのだ。

五

湯屋には男湯にだけ、二階座敷がある。番台の傍らに大段梯子《おおだんばしご》があり、登ってゆくと湯上がりの客がのんびりと休むことができるのだった。

高欄《こうらん》付きで、二階からは往来を見下ろすことができる。囲碁《いご》や将棋《しょうぎ》の盤なども置いてあって、対局をしたり歓談を楽しんだりできた。段梯子を上がったところに、白湯《さゆ》をたぎらせた釜があって、ここ専門の女中が客に茶を淹れて出す。

菓子を売り、爪《つめ》切りや鋏《はさみ》、櫛《くし》などを貸し出した。

利用料は、いっぱい八文の茶の代を払うことである。菓子も八文。この代金さえ払えば、大威張りでいられる。へたな茶店で休むよりも安上がりだった。

老人若者の隔てなく、暇のある者は利用した。大名屋敷の勤番侍《きんばんざむらい》などもやって来て、国許《くにもと》の珍しい話をすると人が集まった。

湯屋が店じまいをし、客たちが引き上げると、この二階座敷は手早く掃除がなされる。そのあとは、湯屋の男衆の寝場所になった。

三樹之助を始めとする四人の奉公人は、布団を並べて寝る。釜焚き、古材木拾い、湯汲み番、流し板や湯船の掃除など、どれも力仕事だ。しかも朝湯があるから、起きるのはまだ暗いうちとなる。

横になると、皆すぐに鼾《いびき》や寝息を立て始めた。朝は瞬く間にやってくる。

三樹之助が目を覚ますと、枕元に冬太郎が座り込んでいた。浮かない顔をしている。

「どうした」

起き上がり、目をこすりながら聞いた。

「なんか昨日から、姉ちゃんが変なんだよ。ろくに口も利いてくれなくてさ」

いつもならば、何くれと話しかけ、寝るときも布団敷きや着替えを手伝ってくれた。食事もご飯や汁をよそってくれた。頬《ほほ》についた飯粒も、取ってくれたのである。ところが志保の屋敷から帰ってきてから、まったく態度が変わってしまったというのだった。

「いったい、どうしたんだろう。嫌なことでもあったのかな」

おナツの変化の理由が、冬太郎には見当もつかないらしかった。

「そうか。それは困ったな」

「うん。女は扱いにくいね」

これは番頭五平の口癖《くちぐせ》である。

「きのう志保さまからもらった落雁はうまかったな。たくさんもらったのだから、半分ずつにすればよかったのではないか」

三樹之助は、昨日おナツが言っていた言葉を思い出して、助言してやった。

「ううん。だってさ、あれは冬太郎さんにってくれたんだよ」

不服そうな声が返ってきた。落雁が入った木箱は、大事にしまってある。誰にも触らせなかった。

「二人で食べろということではないのか」

「そうじゃないよ。おいらにくれたんだ」

おナツには、二つの他は与えるつもりがなさそうだった。めったにない極上の甘い菓子を手に入れたのである。独り占めにしたい気持ちは分からなくはなかったが、それではおナツの怒りが解けることはない。

ただそれを六歳の子どもに理解させるのは、難しいかもしれなかった。

「じゃあ、ちょっと話しかけてみるよ」

冬太郎は、階下へ駆けていった。

姉弟の諍《いさか》いを見るのは、三樹之助には初めてだ。落としどころをどこへ持って行くか、思案のしどころである。

ただ湯屋の仕事が始まると、姉弟のことにばかりかまってはいられない。

源兵衛は、麓詮殺しの探索に当たっている。女房は、王子の扇屋での会食の相手についでは、覚えはないと答えた。誰とどこで会ったとすべてを話すわけでもなかったようだ。

今は寛永寺とは関わりのない、親類縁者などについて聞き込みをしている。

三樹之助は昼前は古材木拾いを行い、午後は釜焚き番をした。姉弟を見ると、冬太郎はおナツについて回っているが、なかなか口を利いてもらえない様子で、べそをかいている場面もあった。

そういうときは、ぽりぽりと落雁を口に放り込んでいる。残りの数は、減っているはずだった。

そろそろ夕刻という頃になって、釜場にいる三樹之助のところに、お久が現れた。

志保とお半がやって来たと言うのである。

昨日はこちらからお久と冬太郎が訪ねたばかりなのに何事かと思ったが、口には出さなかった。

「おナツと冬太郎はどうしていますか」

「なんだかしっくりいってなかったみたいですけど、今は四人で湯に入っていますよ」

お久が答えた。

「仲直りをしたのかね」

「どうもそうらしいですね」

志保が現れたことで、問題は解決してしまったのか。とてもあっけない気がした三樹之助である。

「それで湯から出たら、志保さまが三樹之助さまにお話ししたいことがあると言っていましたよ」

「何でしょうか」

「さあ」

厄介なことを言われるのは面倒な気がしたが、避けるわけにもいかない相手だった。

しばらくして、すっかり元気になった冬太郎が呼びに来た。釜焚きを由吉に替わってもらって、流し板の裏側にある台所兼奉公人の居間に行った。

湯上がりの女は、体が温まって血の巡りがよくなるからか、生き生きとして見える。

志保がいつもより美しく見えてしまったのは不覚だった。

ただお半が風邪《かぜ》を引いたらしく、咳《せき》をしていた。

「風呂になど、入ってよろしいのか」

「何のこれしき。気の持ちようでございます」

お半は強気なことを言った。これは、いつものことである。おナツと冬太郎は近づいてこなかった。すでに言い含められているらしい。

「してご用の向きは」

昨日、冬太郎が世話になった礼を言ったあとで、三樹之助は尋ねた。するとお半が、ひと膝乗り出した。

「さればです。実は私、今日の昼間に、御用のために深川へ参りました。新大橋《しんおおはし》を渡って、その先にあるお旗本のお屋敷に向かったのでございます。歩いていたのは、幕府の御籾蔵《おもみぐら》と深川元町《もとまち》の間の道です。そこで兜布を被り、白小袖に直垂を身につけたあの祈禱師を見かけたのでございます」

「ほう。あの祈禱師を」

湯島聖堂の裏手で、深川西平野町の材木問屋、信濃屋善右衛門が襲われた。三樹之助と志保、お半の三人が通りかかった。善右衛門の命は助かったが、居合わせた小僧の命は奪われてしまったのである。

その折、お半は助けを呼ぶために人気のあるところへ走っていた。その途中で祈禱師を見かけた。提灯を持っていたので、顔を見ることができたと言っていたのだ。

「はい。驚きました。間違いはございません。あとをつけようかとも考えましたが、私には使いのお役目がありましたので、それはできませんでした」

「うむ、さもあろう」

武家奉公をしていたら、当然の考え方である。仕方のないことだった。

「その祈禱師は、六間堀《ろっけんぼり》を渡って新大橋に向かって行きました。まだ朝の内といってよい刻限でございます。あやつ、あの辺に住んでいるのではないかと考えました」

志保とお半は、それを伝えたくてやって来たのだ。

「なるほど。捜してみる値打ちはありそうですな」

三樹之助は、池之端であった麓詮暗殺の事件について、二人に話して聞かせた。そこにも怪しげな祈禱師の姿があったのである。

「ますます、怪しゅうございますな」

お半は、顔色を変えていた。

「祈禱師が何者か分かれば、頭巾の侍の素性や、二つの殺しにどのような関わりがあるかも、分かってまいりましょう」

志保も言った。

「承知いたしました。早速明日にでも深川元町方面へ行って、聞き込みをいたしましょう」

今からすぐにでも行きたいところだが、湯屋はこれから混んでくる。仕方がないので、明日と言ったのである。

「さればでございます」

ここでお半が目を輝かせた。もうひと膝前に出て続けた。

「志保さまも私も、ご一緒いたします。許すことのできぬ、憎っくき相手でございますからな」

力の籠《こも》った口ぶりだった。力が籠り過ぎたからか、少し咳き込んだ。このとき志保も頷いている。

二人は連れて行ってくれと頼んだのではなかった。一緒に行くと伝えてきたのであった。

「はあ」

三樹之助はそう答えるばかりだ。翌日五つ半（午前九時）に、新大橋東詰《ひがしづめ》で落ち合うことになった。

六

大川は、その名の通り大河である。ゆっくりと蛇行《だこう》していた。ちょうど曲がったところに新大橋が架かっている。川上を見ると両国橋を、川下に目をやると永代橋《えいたいばし》を望むことができた。

長さ百十六間の橋である。人がひっきりなしに行き交っていて、足音が橋板に響いていた。

三樹之助は、新大橋を西から東に渡った。橋袂《はしだもと》には、露店の茶店や小間物を売る店が出ていた。

志保たちよりも先に着いたので、三樹之助はほっとした。もし向こうが先で待たせることにでもなったら、お半に何を言われるか分からない。そういう場面は避けたいところだった。

それからほんの少しして、志保の姿が人の流れの中に見えた。聞き込みをすることになっているので、目立たない着物を身につけていた。髪飾りも、いつもより控えめである。

ただどこを見ても、お半の姿がなかった。志保一人きりだ。

「お半どのはいかがされたのかな」

「はい。やはり風邪を引いておりました。熱がありましたゆえ、来たいと申しましたが、今日は屋敷で休ませました」

「さようか。それならその方がよろしかろう」

そういえば、昨日は咳をしていた。舌鋒《ぜっぽう》鋭いお半がいないのは、ほんの少しだが気持ちが楽だった。

「では、聞いてまいりましょう」

三樹之助はそう言った。まず手始めは、茶店を商う老爺《ろうや》からだった。

「直垂姿に笈を背負った祈禱師を見かけることは、たまにはあります。でもその人がなんていう名でどこに住んでいるかなんて、分かりはしませんよ」

話をすると、すぐにそういう返事が戻ってきた。言われてみれば、もっともな話である。志保と顔を見合わせてしまった。

実際に顔を見たのは、お半だけである。体つきは中肉中背で、年の頃は三十代後半ということだった。目の具合がどう鼻の具合がどうと、志保は話を聞いてきたそうだが、それを聞き手に伝えたところでどうにもならない。具体的に顔のどこかに傷があるとか、ホクロがあるというのならばまだしも、そういうわけではなかった。

聞き込みの前途には、厳しいものがあると予想された。

小間物を売る中年の女の返答も同様だった。けれども三樹之助も志保も、気持ちが怯んでいるわけではなかった。

源兵衛の探索も、遅々として進んでいない。祈禱師を捜し出すことができれば、事件の核心に一気に近づく可能性もないとはいえなかった。

この近辺に住む祈禱師を、虱潰《しらみつぶ》しにあたってゆく。そういう覚悟だった。

このあたりには町家もあるが、大名家下屋敷や旗本御家人の屋敷もあって、繁華《はんか》というほどではなかった。三樹之助の実家である大曽根屋敷も竪川《たてかわ》の近くにあった。

近辺の深川元町や南六間堀町、八名川町《やながわちょう》といった町筋は、まんざら知らないところではない。

「うーん、そういえば近頃見かけたことがありますね。年の頃は三十代後半、体つきは中肉中背ですね」

直垂姿で兜布を被り、背に四角い笈を担った祈禱師の姿を見かけた者は、やはり何人かいた。深川元町の、表通りにある小店の主人や女房たちの話である。しかしそれは、あくまでも見かけただけで、名や住まいを知っているわけではなかった。

ただ年頃や体格は同じで、お半が見かけた祈禱師であるのはほぼ明らかだった。

深川元町をあらかた聞いて回り、次は御籾蔵の北にある八名川町に入った。武家地に囲まれた町である。商家よりもしもた屋の多い町だ。

通りがかりの者や、商家があればそこで尋ねる。声をかけるのは三樹之助の役目で、志保は横にいてやり取りを聞いている。

深川元町では、名や住まいこそ分からないにしても、祈禱師を見たという者がちらほらあった。しかし八名川町では、七、八人に聞いても、見かけたと答えた者は一人もいなかった。

「祈禱師の住まいは、この町ではありませぬな」

志保はあっさりと言った。三樹之助もそう考えていたところだった。六間堀を東に渡って、南六間堀町に出た。猿子橋《さるこばし》の北東に広がる町である。

表通りに茶店があって、蒸籠《せいろ》で蒸《ふ》かした饅頭《まんじゆう》の湯気が、甘いにおいをさせて通りに流れていた。

「ちと休憩をいたしましょう」

志保が言った。歩き始めて一刻ほどがたっていて、三樹之助にしてみれば、小腹がすき始めたころだった。

通りに面した縁台《えんだい》に腰を下ろし、茶と饅頭を注文した。小春日和なので、ぽかぽかとした日差しが心地よかった。目の前を、人や荷車が行き過ぎてゆく。

熱々の饅頭を食べながら、渋茶を啜《すす》った。南六間堀町を回ったら、次は小名木川《おなぎがわ》に架かる高橋《たかばし》方面に行ってみようと話した。そして話が途切れたところで、志保が口を開いた。

「三樹之助さまは、前に小笠原正親どののことをわたしにお尋ねになりましたな」

「はあ、そういえば」

湯島聖堂の裏手で、信濃屋善右衛門が襲われて小僧が斬殺された。あれは三樹之助が冬太郎を見舞いに来た志保とお半を送った、途中の出来事だった。事件が起こる前、歩いていたときに、志保とは縁戚にある正親について尋ねたのであった。

「正親どのとは、面識がおありだったのですか」

「いえ、そうではありませんでした。一度だけ姿を、ちらと見かけただけです」

「そうですか。しかしそれにしては、熱心なご様子でした。あの方について、何かがあったのではございませぬか」

三樹之助を見詰めて言った。自分としては、熱心に尋ねたつもりはなかったが、許嫁の美乃里が自ら命を絶った元凶《げんきよう》である。穏やかな気持ちで聞いたのでないことは確かだった。

志保は、その心の動きに気づいたのだ。

「たいしたことではありません。ただ、ちと」

小笠原正親には、いつか美乃里に対してしたことの、償いをさせてやると考えている。だがそれを、誰かに話したことはなかった。志保は正親には好感を抱いていない気配だったが、近しい縁戚であることは間違いない。また美乃里に対する自分の気持ちを、志保に伝える必要はないと考えていた。

「ちと、何かがあったのですね。口ぶりだと、愉快なことではなさそうです」

「………」

三樹之助は返事をしなかった、けれど、それがかえって志保の問いかけを認めてしまった形になった。

「酒井家へ大曽根家から婿養子を得るように話を持ってきたのは、小笠原家です。さりながら三樹之助さまは、正親どのに対して不快な気持ちを持っていらっしゃる。屋敷をお出になったのも、それに繋がるのではないでしょうか」

その通りだと言いたかったが、言葉を呑み込んだ。なかなかに嗅覚《きゅうかく》の鋭い女だと思った。

「さて、そろそろ参りましょうか」

饅頭を食べ終え、茶も飲んでしまった。この話を続けるつもりはなかったので、三樹之助は立ち上がろうとした。しかし志保は動かなかった。

「はっきり、聞かせていただきとうございます」

キッパリとした物言いだった。鋭い眼光で、このままでは済まさないといった気迫がこもっていた。三樹之助は浮かしかけた尻を、縁台に戻した。

こういう女と祝言《しゅうげん》を挙げたら、死ぬまで隠し事はできないぞと、耳の奥から声が聞こえた。頭も上がらないだろう。

「さあ、おっしゃっていただきましょう」

おや、と思った。今の口ぶりに、必死なものを感じたからである。

戯《たわむ》れを言っているのではない。この女は、本当に何があったのか知りたがっているのだと気がついた。

三樹之助が縁談を蹴って、屋敷を飛び出した理由を知りたいのだ。

縁談をそのままにして、自分は屋敷を抜け出してしまった。きちんと返事をしてはいないのである。

志保はこのことについて、今日まで何も言わなかった。けれども立場を替えれば、ずいぶん無礼な話ではないかという気がした。

三樹之助は話そうと腹を決めた。どう受け取るかは、向こうの問題である。

「私には、美乃里という名の許嫁がありましたが、昨年の十二月に亡くなりました。自害をいたしたのです。小笠原正親の目にとまり、おもちゃにされたからです」

美乃里は茶の湯の稽古に、千石取りの小笠原家の内室のもとに通っていた。その屋敷で開かれた茶会の席で、招かれていた正親の目に留まったのである。

茶会の席に、師匠ともども美乃里は招かれた。師匠は先に帰り、美乃里だけ残された。父祖伝来の茶器を見せるといわれたのだ。

茶器の拝見が済んだあと、美乃里は小笠原家の駕籠に乗せられて屋敷を出た。しかし行き着いた場所は父母のいる袴田家の屋敷ではなかった。小笠原家の別邸で、正親が待っていた。

陵辱《りようじよく》が済んだあと、屋敷まで駕籠で送られた。しかしその夜のうちに、美乃里は懐剣《かいけん》で胸を突いたのである。

「正親どのは、酷《ひど》いことをなさいますな」

黙って聞いていた志保は、ぽつりと言った。道端の一点を見詰めたきり、顔は動かない。

「はい。美乃里どのが自害したことを、袴田家は小笠原家に伝えました。ですがなんの返答もありませんでした」

父の袴田彦太夫《ひこだゆう》は、加増という形で日光奉行支配組頭となり赴任していったこと。そして自分には大身旗本酒井家との縁談話が伝えられたことを話した。

話し終えて、三樹之助は志保との関わりはこれで終わるだろうと思った。志保はこのことを知らなかったはずで、聞いた以上はこれまでのようにはいくまいと感じたからである。

すると三樹之助の気持ちのどこかに、ふっと寂しさが湧いたのは不思議だった。

「小笠原家は、ずいぶんなことをいたしますな」

ほんの少し間を置いてから、志保は口を開いた。しかし小笠原家や正親について、それ以上は何も言わなかった。

三樹之助が黙っていると、志保は続けた。

「三樹之助さまは、今でも美乃里さまのことが、お好きなのですね」

その口ぶりが、どこか寂しそうだった。これまでになかったことなので、その落差にどきりとした。

だが寂しげな表情は、瞬く間に消えていた。厳しい眼差しになっている。

「御覧《ごらん》なされ。三樹之助さま」

志保の指差す先を見ると、兜巾を被り笈を背負った祈禱師が道を歩いてゆく。年の頃三十代後半で、体つきは中肉中背だった。

七

慌てて茶代を払った三樹之助は、志保と共に祈禱師のあとをつけることにした。お半が見た祈禱師と断定はできないが、可能性は高かった。

足早な動きで行き過ぎ、六間堀に架かる猿子橋を西に渡った。御籾蔵に沿った道を、振り向くこともなく進んだ。

新大橋の橋袂に出ると、迷う様子もなく渡り始めた。

ぼやぼやしていると見失ってしまう。距離を保ったままつけるのは、容易《たやす》いことではない。けれども志保は、歩調を合わせて歩いてゆく。

気丈なのは、前から知っていた。

祈禱師は新大橋を渡ると、そのまま歩いて浜町堀まで行った。この堀を渡ると、河岸の道を神田方面に向かった。しばらく武家地だが、それを過ぎると日本橋の町並になる。

浜町堀には荷船が行き交って、櫓音《ろおと》が響いていた。

このあたりは六間堀界隈とは違って人の通りも多く、活気のある大きな商家が並んでいる。船着場から、荷物が運び上げられている様子が見えた。

祈禱師は、一軒の足袋屋の前で立ち止まった。錫杖で地をとんとつき、手にしていた大振りな数珠《じゅず》を音を立てて繰った。そして瞑目《めいもく》しながら祈禱の声をあげた。

腹の底に染み入るような、野太《のぶと》い声だった。

道行く人が目を向け、中には立ち止まって眺める者もいた。

店から若い手代《てだい》が出てきて、お包みを差し出した。祈禱を終えた祈禱師は、恭《うやうや》しくそれを受け取ると懐に押し込んだ。

そしてまた歩き始めた。

数軒行ったところで、今度は下駄屋《げたや》の前で立ち止まった。そこでも店先で祈禱を行うのかと思ったが、そうではなかった。

敷居を跨《また》いで中へ入っていった。

挨拶の声が聞こえた。座敷に上がってゆく気配だった。しばらくすると、祈禱の声が響いてきた。

「馴染みの店ですな」

三樹之助は呟いた。

祈禱の声が止むと、さして間を置かず通りに出てきた。長居はせず、再び歩き始めた。町の横道にも入っていった。

次に立ったのは、瀟洒な隠居所《いんきよじよ》ふうの建物の前である。

「ごめん」

ここでも、戸を開けて中に入っていった。ためらう気配はなかった。これまでと同じ、野太い声が響いてきた。

祈禱が済むと外へ出てきた。

「ああやって、銭を稼いでいるわけですね」

志保が言った。珍しいものを見る眼差しだった。姫様育ちの身の上にしてみれば、初めて目にする光景なのかもしれなかった。

そうやって、商家やしもた屋に立ち寄っていった。店先で祈禱をあげる場合が多かったが、中に入って行くこともあった。また祈禱を始めて、野良犬さながらに追い払われることもあった。

しかし男は、怯む気配を見せずに道を歩いていった。ときおり腰にぶら下げた竹筒の水で喉を潤《うるお》す。振り返ることは一度もなかった。

一刻ほどすると、祈禱師は浅草御門前に出ていた。

「あやつは、ああやって回るだけなのであろうか」

三樹之助は歩きながら、志保に囁《ささや》いた。場合によっては、長身の侍に会うのではないかと期待している。そうなれば、信濃屋の小僧や麓詮を殺した頭巾の侍に繫がると考えるからだ。

けれども、そうは思惑通りにいかなかった。つけている間に、昼飯時はとっくに過ぎている。腹の虫が鳴き始めていた。

その音は、志保の耳にも入ったらしかった。

「お腹の虫どのには、もう少しご辛抱《しんぼう》いただかなくてはなりませぬな」

にこりともせずに言われた。目は祈禱師の後ろ姿に向けられている。

草鞋履きに白い狩衣を身につけ、四角い祭壇を背負った男は、浅草御門を潜って神田川を北に渡った。

まず目に入るのは、広い蔵前通りである。道なりに行けば、広大な御米蔵をへて浅草寺に行き着く。だが祈禱師は、すぐに通りを右に曲がった。大川の河岸に出る道筋である。

一帯は浅草下平右衛門町《しもへいえもんちょう》である。祈禱師は、表通りから路地に入った。借家とおぼしい、安普請《やすぶしん》の小さなしもた屋が並んでいる。

そのうちの一軒に入っていった。猫の額ほどの庭があって、遊び人風の十六、七の若い衆が二人と小旗本や御家人の次三男といった風情の侍が、庭でなにやら喋りながら腰を下ろしている。祈禱師を見ると、「おお」と声をかけた。

顔見知りのようだ。

祈禱師は錫杖を振り上げて合図をしてから、軋《きし》み音《おん》を立てて戸を開け中へ入っていった。

ここでは待っていても、祈禱の声は聞こえてこなかった。

「これまでとは、様子が異なりましたな」

「さよう。しかしあそこがあの者の住まいとも思えません」

志保の言葉を、三樹之助が引き取った。

通りにあった天水桶《てんすいおけ》の陰に、二人で身を寄せた。家の様子を見張る。

建物の中から、やはり十六、七の荒《すさ》んだ気配の男が顔を出し、外にいる三人を中に呼び入れた。

「何か、悪さの打ち合わせでもしているのでしょうかね」

三樹之助が言った。家にいる若い者たちは、まっとうな稼業についているとは思えない連中だった。

「いかにも、怪しげな者どもですね」

志保が応じた。

そのまま四半刻ほど、変化はなかった。ようやく戸が軋み音を立てて内側から開かれた。

祈禱師だけが外へ出てきた。自分で戸を閉め、そのまま通りに出た。やって来た道を戻ってゆく。

もちろん三樹之助も志保もあとをつけた。

表通りに出た。通ってきた浅草御門の方向へ行くのかと思ったが、そうではなかった。大川の河岸に連なる道へ入って行った。

つけ始めたときと変わらない、足早な歩みである。河岸の道に出ると、大川の広い川面がいっぱいに広がった。昼下がりの日差しが、キラキラと輝いている。

河岸の道に人気はうかがえない。川面に荷船や猪牙舟《ちょきぶね》の姿が、遠く見えるだけだった。

「うむ。つけていることに、気づかれていたようですね」

三樹之助は言った。つけている二人を囲む空気に、殺気を感じた。いくつもの目が、こちらを見詰めている。

背後から、ばらばらと足音が響いてきた。近づいてくる。一人二人ではなかった。五、六名はいると思われた。

「覚悟をなされよ」

立ち止まった三樹之助は、志保に声をかけた。

八

祈禱師は、河岸の道をどんどん歩き去って行く。歩みの勢いは変わらない。

だが三樹之助と志保は、あとを追うどころではなくなった。後ろを振り返ると、すでに十数間ほど後ろに、荒んだ気配を漂わせた十代の遊び人と小旗本や御家人の次三男といった気配の侍たちが、歩み寄ってくるところだった。

その中には、先ほどしもた屋の庭にいた者たちも含まれている。すでに匕首《あいくち》を抜いている若い衆、腰の刀に手をかけている侍もいた。

三樹之助も、腰の刀に左手を添えた。鯉口を切っている。志保も携《たずさ》えている懐剣に手を添えた。

駆けてきた男たちは、こちらをぐるりと取り囲んだ。

「我らに、何の用だ」

三樹之助は、正面に立っているやや年嵩《としかさ》の侍に声をかけた。一渡り見回したが、取り立てて長身の侍はいなかった。人数は七人。その内の三人が侍だった。

「気に入らねえのさ。何もかも」

年嵩の侍は、口先に嗤《わら》いを浮かべて言った。落とし差しにした刀の柄に、片肘を載せていた。

女連れの二人を、七人の男たちが取り囲んでいる。数を頼んだゆとりが、かえって若い男たちを凶暴にしていた。

「別嬪《べっぴん》じゃねえか。野郎をぶっ殺したら、おいらがたっぷり可愛がってやるぜ」

「そりゃあ、たまらねえなあ」

誰かが言って、げらげらと下卑《げび》た笑いがおこった。

「その方ら、あの祈禱師に頼まれたのだな。銭でももらったのか」

三樹之助は嘲《あざけ》りを込めた声で言った。何を言っても、狂犬さながらの連中には伝わらない。自分がしなければならないことは、一つだけだった。

志保を守ることである。

そのためには、やつらを少々痛い目に遭わせるのは、仕方がないと考えた。

「くたばれっ」

血走った目をした一番年若な遊び人ふうが、匕首を突きかけてきた。三樹之助の心の臓をめがけている。

「たあっ」

裂帛《れっぱく》の気合を上げて、三樹之助は刀を抜いた。匕首を撥ね上げると刀を峰に返して、胴を打った。

「わあっ」

肋骨《ろっこつ》の折れる鈍い音がして、若い遊び人ふうはもんどり打って前に倒れた。ドスンと地響きがおこっている。

倒れた若い衆は、白目を剝いた。

それで他の者たちの中に、緊張が走った。一人だと思って嘗めていた相手が、思いがけず手練《てだれ》だと気づいたのである。けれども、それで怯んだ気配を示した者はいなかった。

腰を落とし、獣の眼差しで身構えた。全員、刀や匕首を抜いている。

三樹之助は、背後にいる志保に目をやった。志保は懐剣を抜いて、男たちに厳しい眼差しを向けている。闘うつもりなのだ。

ただ相手は六人。その内の三人の若侍は、三樹之助に目を向けながら隙をうかがっている。一対一ならば負けない相手だが、同時にかかられたならば少々面倒だった。侍たちも、腕の違いを感じている気配だ。だからこそ、呼吸を合わせて一斉に掛かってこようとしているのかもしれない。

だがそれよりも気になるのは、残りの遊び人ふうの男たちである。奴らの眼差しの先にあるのは自分ではなかった。

志保に向けられている。侍たちと闘う間に、志保に襲い掛かろうという算段なのだった。

一陣の川風が吹き抜けてゆく。

「とえいっ」

侍の一人が、叫んだ。地響きが起きている。三本の刀が、ほぼ同時に煌《きら》めいて襲いかかってきた。

すべてをかわすことはできない。三樹之助は一番右端にいる侍に躍りかかった。この相手が半歩ほど他の者よりも近い位置にいた。

がしっと刀のぶつかる音が響いた。三樹之助の剣は、ぶつかった相手の剣を、撥ね上げていた。そのまま足をかけ、均衡《きんこう》を崩した体を、すぐ横にいた侍に突き押した。

二つの体が、ぶつかった。

「あぁっ」

その瞬間、ぶつけられた侍の持っていた刀が、相手の二の腕を斬り裂いてしまったのである。鮮血があたりに散った。

だが三樹之助はその光景を、最後まで見ていなかった。もう一人残っていた侍の一撃をかわそうと、体を横に跳ばしていた。

「くたばれっ」

三樹之助の体に、さらなる追撃の一刀。喉元を狙った突きがやって来た。

だがその剣尖の動きには、詰めの甘さがあった。三樹之助は腰をすえて、これを跳ね返した。そのまま前に出て、峰に反した刀でしたたかに相手の肩を打っていた。

「ううっ」

骨の折れる音があって、侍は前のめりに倒れた。死んではいないが、自力ではもう動けない。

無傷な侍は、仲間の腕を斬り裂いた一人だけである。顔が青ざめ、恐怖に歪《ゆが》んでいた。血刀を握り締めたまま、脱兎《だっと》のごとく走り出していた。

三樹之助はこれを、追ったりはしない。

「志保殿」

闘っている間でも、片時も忘れてはいなかった。

地面を見ると、懐剣が地べたに落ちていた。志保のものである。三樹之助の心の臓が、かっと熱くなった。

周囲を見回す。すると二人の男たちに体を押さえつけられて、船着場の近くに運ばれようとしていた。志保はしきりに抗《あらが》っているが、女の力ではどうにもならない。

そしてもう一人の男が、舫《もや》ってある舟の艫綱《ともづな》を解いているところだった。志保を舟で攫《さら》っていこうとしているのである。

「おのれっ」

胸中の怒りが、言葉になって噴き出した。全力で駆けてゆく。

遊び人たちも必死の形相《ぎょうそう》だった。舟に志保を押し込み、三人が乗り込んだ。三樹之助が船着場に駆け込んだときには、舟は水面を滑り出していた。

「待てっ」

叫んだが、どうにもならない。志保が何か叫ぼうとしているが、口を押さえつけられて声にならなかった。きいきいという忙《せわ》しない櫓音が響いてくるばかりだった。

舟は対岸に向かって離れてゆく。

三樹之助は船着場の周囲に目を走らせた。

「あった」

一隻だけ、古い小舟が残っていた。舟底に水が溜まっている。朽《く》ちてどこかに穴が空いているのかもしれなかった。

けれども躊躇《ためら》う暇はなかった。小舟に乗り込むと、艫綱を刀で切った。櫓を漕《こ》いだ。

小舟はどうにか、船着場から離れた。逃げてゆく舟を追った。

三樹之助は、渾身《こんしん》の力をこめて櫓を漕いでゆく。

逃げてゆく舟には、四人が乗っていた。四人が乗る舟としては、小ぶりだった。おまけに志保は、じっとしてはいない様子で船体が揺れている。速い進みではなかった。

けれども三樹之助の小舟も、まともな状態とはいえない。舟底にあった水が、次第に増えてきている。漕いでいる櫓が、徐々に重くなってきているのが分かった。

「くそっ」

ともあれ漕いだ。できることはそれだけである。増えてくる水を掻き出したかったが、それはできなかった。

それでも、距離が縮んでゆく。前を行く舟はやはり左右に揺れていた。

「このあまっ、静かにしやがれ」

頬を張る高い音が聞こえた。男が志保の頬を張ったのだが、それでおとなしくなる気配はなかった。逃げてゆく舟が思うように進まない理由は、そのへんにもあるらしかった。

ついに三樹之助の舟が追いついた。三樹之助は手にしていた櫓を外すと、それで向こうの舟の船頭役を突いた。

「わあっ」

叫び声をあげて、船頭役は水に落ちた。ばしゃっと水が撥ね散った。三樹之助はもう一人、匕首で突いてこようとする男も、櫓を振って水に落とした。

その上で、向こうの舟に乗り移った。

「じたばたするな。言うとおりにしないと、腕をへし折るぞ」

三樹之助が言うそばで、志保が男から匕首を取り上げた。素早い動きで、命じたわけではなかった。

舟から落とされた者たちは、近寄っては来なかった。対岸に泳いでゆく。

仲間を救おうとする者などいなかった。しょせんは烏合《うごう》の衆だった。

元の船着場に戻り、舟から降りた。

「おれたちを襲ったのは、あの祈禱師に唆《そそのか》されたからだな」

三樹之助は、一人残った十七、八の遊び人ふうに問いかけた。白を切るようならば、痛い目に遭わせるつもりだった。

志保の頰が、赤く腫れている。

ふざけたことをしやがって……。そういう腹立ちもあった。

「そ、そうだ。つけられているので、追い払ってくれと頼まれた」

「やつの名は、何というのだ。住まいはどこだ」

「名は、光達《こうたつ》だと言っていた。どこに住んでいるかは、分からねえ」

「何だと」

三樹之助は頰を張った。力をこめているので、顔が歪んで赤く腫れた。

「ほ、本当に知らねえんだ」

「まだ言うか」

もう一度頬を張ろうとしたとき、志保が止めた。

「こやつ、本当に知らないのかもしれませぬ」

やおら男の髷を掴んで、ぐいと顔を持ち上げた。志保に激した様子はない。知りたいことを聞き出そうとしているだけだった。

「ではそなたらは、あの祈禱師とどういう付き合いをしておるのだ」

問い詰める口調は冷静だった。それで昂《たかぶ》っていた三樹之助の気持ちも収まった。怒りをぶつけるよりも、まずは知っていることを聞きださなくてはならなかった。

「つ、月の初めくらいに、あいつの方から近づいてきたんだ。何度かおごってもらって、金離れもよかったから、今度のことにも一役買ったんだ」

祈禱師の住まいなど、どこでもよかった。金さえもらえるならば、何でもやったのである。光達という名以外、祈禱師について若い衆たちは何も知らないようだ。

下平右衛門町のしもた屋は、仲間の一人、銀太《ぎんた》なる者の住まいだという。先ほど水に突き落とした二人のうちの一人がそいつだそうな。

二親は表通りで田楽屋《でんがくや》を商っている。留守の昼間は、家があのあたりのゴロツキの溜まり場になっているらしかった。

倒した侍二人と遊び人ふうの一人の姿はなくなっている。舟が出ている間に、どこかに潜《ひそ》んでいた者が連れ去ったものと思われた。

九

「痛い思いをさせてしまいました。他にお怪我はありませんか」

若い衆を解放してから、三樹之助は志保に尋ねた。頰の腫れは、まだ引いていなかった。端整な顔なので、痛々しかった。

「大丈夫でございます」

つんとした顔で、志保は言った。

三樹之助は腰の手拭いを引き抜くと、大川の水で濯《すす》いだ。ぎゅっと絞って、差し出した。

「冷やした方がよいな。その方が腫れも早く引く」

受け取らなければそれでもいいと思った。だが志保は何も言わずに受け取って、腫れている方の頰に押し当てた。

「これから、どうなさいますか」

志保が聞いてきた。

「光達なる祈禱師が、若いゴロツキどもを利用しただけのことならば、連中よりも先に、今日一日祈禱師が回った商家やしもた屋を当たってみたいと思います」

「なるほど。その方が、あの男の素性をうかがうことができるやもしれませぬな」

「はい」

「では、わたしも同道いたしましょう」

志保は三樹之助を見て言った。手渡した手拭いは顔に当てている。

「それはなりませぬぞ。あなたは、顔の腫れを早く引かせる算段をなさるべきです」

こう告げると、志保ははっと息を呑んだ。何かを言おうとしたが、言葉を呑み込んでいる。

「せっかくの美しい顔が、もったいないですからな」

三樹之助は我知らず、そう口にしていた。優しい気持ちになっている。

舟に乗せられても、志保は自分なりに闘っていた。舟が揺れて進みが遅かったのも、必死に抗ったからこそである。

そう考えると、なぜか愛おしい気持ちになってしまった。「美しい顔」と口にしたのも、嘘や追従《ついしょう》ではなかった。

「今のわたしの顔は、腫れて醜《みにく》うございますか」

怒った眼差しになっている。まずいことを言ってしまったかとも後悔したが、口に出した以上はどうしようもなかった。

「い、いやそうではないが、いつもの方が美しい」

しどろもどろになってしまった。冷たい川風が吹いてきた。

「分かりました。ならば屋敷に、帰りまする」

そのまま歩き出した。きりりとした顔つきで、やはり怒っているのだと三樹之助は受け取った。

「お、お送りいたします」

「かまいませぬ。一人で帰れますゆえ」

つんつんとして歩いてゆく。蔵前通りに出て、志保は辻駕籠を拾った。

「では」

それだけ口にすると乗り込んだ。三樹之助はしばらくその駕籠を見送った。

気まずい思いで見送ったが、駕籠が見えなくなると、腹の虫がぐうと鳴った。まるで腹の虫は、今まで志保から隠れていたような気がした。

道端に振り売りの麦飯売りが出ていたので、遅い昼飯をとることにした。

「一杯もらうぞ」

「へい」

丼の麦飯に、とろろ汁がかけられている。さらさらと二杯かっ込んだ。

腹がくちくなって、三樹之助は日本橋界隈へ戻った。光達が巡った道筋は頭に入っている。逆に辿《たど》ってみることにした。

追い返されたところは省くが、店先であろうと店の中に入ろうと、祈禱をあげたところはすべて聞き込むことにした。

光達が最後に立ち寄ったのは、日本橋米沢町《よねざわちょう》の春米屋《つきごめや》だった。敷居を跨ぐと、米糠のにおいがぷんと鼻を覆《おお》ってきた。

「光達とは、あの祈禱師の名ですか。そこまでは存じませんでしたな。やって来たのは、初めてですよ。断るのも面倒ですからな、小銭をやって帰しました」

春米屋の番頭が言った。これでは話にならない。

次は浜町河岸に面した、古着屋である。ここは中に入って、祈禱をおこなった。

「ええ、光達さまがお越しになったのは、これで三度目ですね」

店番をしていた、古着屋の三十絡みの女房はそう言った。祈禱師の名は、若い衆が口にしたものと同じだった。

「先月の終わりごろですかね、店先で声がするので出てみたら、あの人が祈禱をあげていたんですよ」

古着屋の亭主の母親は数年来の癪痛病《しやくつうや》みで、ここのところ具合がよくなかった。困っていたところに光達がやって来た。

「祈禱のあとで、事情を話したら薬を少しくれたんですよ。あんまりあてにはしてなかったんですけどね、煎じて飲ませたら、なんだか具合がいいって」

「薬が効いたのだな」

「はい、飲むとすぐに楽になったと言いました」

「まさか祈禱のせいではあるまい」

「そうですね。二、三日して薬がなくなったころ、またやって来ました。そのときは中に上がって祈禱をしてもらいました。薬だけ渡すことはできないと言われましたから」

「そしてそのときも、今日も薬をもらったわけだな」

「ええ、でもただではありませんでした」

「いくらだね」

「小袋一つで五匁《もんめ》銀二つです」

「ほう。ずいぶん高いな」

五匁銀は、十二あって一両になる。裏長屋住まいの者では、払えない金高だろう。

「そうなんですが、背に腹はかえられませんから。ほんとに飲むとすぐに効くのです。それに薬草のことは、ずいぶん詳しい様子でした」

「その光達の住まいがどこかは、聞いたのかね」

「さあ、それは聞いていません。何でも長く諸国を旅してきて、ようやく江戸へ戻ってきたと話をしていました」

「すると生国《しょうごく》は江戸か」

「そうかもしれません。でもあの人は用が済むと、無駄なことは何も言わないで帰ってしまいます」

要するに光達という祈禱師の素性は、何も分からないのだった。

さらに三樹之助は、光達が回った商家やしもた屋を聞いて歩いた。外で祈禱をあげたところでは、小銭は与えても名さえ知らないのだった。

家の中に入り込んで祈禱をあげたのは、五軒である。そのうちの二軒は、祈禱をしてもらっただけだった。不運なことが続くので厄払いをしてほしいということと、商売繁盛を願ってのものだ。

しかし他の三軒は、共通していた。

それらの家には持病持ちがいて、光達から薬を分けてもらっていた。

「小袋一つで五匁銀三つです」

そういう家もあった。初めは同じ量で五匁銀二つであったのが、今日は三つになったのだと言う。

「阿漕なやつだな」

三樹之助が呟くと、相手も頷いた。ただどこで聞いても、住まいや生国がどこなのか、薬をどうやって手に入れているのか、分かる者は一人もいなかった。

光達という祈禱師が、胡散臭い奴だと分かっただけである。信濃屋の小僧と麓詮殺しに、どう関わってくるのか見当もつかなかった。

外はすでに薄暗くなっていた。三樹之助は急いで、湯島の夢の湯へ戻っていった。

第三章　次男坊

一

翌日三樹之助は、正午までは夢の湯で釜焚きをおこなった。

夢の湯の男衆が一人増えたからといって、有り余る人数でやっているわけでないことは分かっている。半日出歩けば、その分だけ他の者の仕事が多くなるのだった。

新入りの由吉は事情が分かっていないから、別になんとも思わない様子だ。だが先輩筋にあたる為造や米吉はそうはいかない。

どちらも元々気のいい連中だが、それでも面白くないことがあると仏頂面《ぶっちょうづら》をした。

源兵衛の手伝いとして探索に関わるのは、仕方のないことである。また客たちから「夢の湯のお助け人」と呼ばれて、厄介な客との応対や冬太郎が高熱を発したときのような事に応じての処理の仕方などで、一目置いてくれていることはよく分かっていた。

しかし仕事のしわ寄せが続いてくれれば、誰でも不愉快になるのは当然だと感じた。だから夢の湯にいる間は、皆が嫌がる古材木拾いや釜焚きを受け持った。古材木拾いは重い荷車を引く。特に湯島切通町は坂だから、満載にするとかなりきつい。釜焚きは、夏がたまらない。

近頃は温もりが恋しい時期になってきたが、だからといって釜前が心地よいわけではなかった。薪が爆《は》ぜて、思いがけない火傷《やけど》をすることもある。

「昨日姉ちゃんとさ、残っていた落雁を半分ずつ分けたよ」

冬太郎が、釜前に来て言った。おナツは午前中は寺子屋へ通っている。しばらくは姉と通っていたが、よほど退屈をしていたらしい。近頃は通っていなかった。夢の湯にいる方が、今のところは気が楽なのかもしれない。

「そうか。おナツは喜んだだろう」

「ううん。それほどでもなかった。だって残っていたのは、六つだったから、三つずつ食べたわけ」

「ならばおナツにしてみれば、そう嬉しいわけでもなさそうだな。ただ冬太郎の気持ちは、伝わったのではないか」

言っている意味が、冬太郎に分かるかどうかは疑問だが、とにかく三樹之助は口にした。ただちらと様子をうかがってみたところでは、時がたつにつれて、おナツの冬太郎に対する態度が、軟化してきているのは明らかだった。

「まあ、女の気持ちは分からないね」

冬太郎がませたことを言った。

冬太郎は夢の湯の板の間で過ごすことが少なくない。大人たちのやり取りを聞いているので、たまにとんでもないことを言い出す。

昼飯を済ませて、お久には断った上で三樹之助は夢の湯を出た。向かった先は、浅草下平右衛門町である。

昨日志保と出かけて見聞きしたこと襲われたことなどは、源兵衛に報告をしている。光達と名乗る祈禱師が薬種に詳しく、それで阿漕な金儲けをしていることまでは探れたが、二つの殺しに繋がるかどうかまでは辿り着けていなかった。

そこでもう一度、ゴロツキどもの溜まり場になっていたしもた屋を訪ねて、銀太ら若い衆から、光達についての詳細を聞きなおすつもりだった。

「あっしもご一緒したいところなんですがね。八丁堀の旦那に呼ばれているんですよ」

源兵衛は、手札を受けている定町廻り同心に供を命じられていた。

空は曇天。外は肌寒い。湯島から神田川にぶつかるところまで歩いて、川の北河岸を東に向かった。

歩きながら、志保の頰の腫れは引いただろうかと三樹之助は考えた。

まず行ったのは下平右衛門町の裏通り、ゴロツキどもの溜まり場になっていたしもた屋である。木戸の前に立ったが、昨日のように庭に誰かがいることはなかった。

ひっそりとしている。

命に別状はないが、怪我をさせた者がいるのは確かだった。

三樹之助は木戸を開けて、中に入って行く。

「御免」

腰高障子《こしだかしょうじ》を押し開けた。

「わっ」

出てきたのは、昨日襲ってきた十七、八の遊び人ふうだった。他には人の気配はない。現れたのが昨日の侍で慌てた気配だ。顔にありありと恐怖の色が浮かんでいる。

生唾を呑み込んだ。

何かをされると考えたのかもしれない。

「ちと、話が聞きたい。よいな」

わざと厳しい顔をして、三樹之助は言った。

刃物を抜いて大勢で襲い掛かり、志保を攫って悪さをしようとしたゴロツキの一人である。しらを切るならば、容赦はしないつもりだった。

「光達なる祈禱師についてだが、その方は今月になってから、向こうから近づいてきたと言ったな。そのときの詳しい様子を話してもらいたい」

「へ、へい」

そう言ったが、落ち着きのない目の動きになっていた。

「どうしたというのだ」

「お、おれは初めにあいつが寄ってきたときには、近くにいなかったんだ。他の奴らの方が、く、詳しいことは、知っているはずだ」

「そうか、ならばそいつらはどこにいる」

「く、蔵前通りの立ち飲み酒屋だ。そこならば、だ、誰かがいる」

眼差しに、狡くて卑《いや》しげな光があった。自分一人では応対したくないという含みがあるのかもしれない。どのような連中がいるのか分からないが、ともかく行ってみようと思った。一人から聞くよりも、たくさんのことが聞き出せるはずだ。

「では、そこへ連れてゆけ」

男に連れられて、蔵前通りに出た。御米蔵の方向に半丁ほど歩くと、間口二間ほどの居酒屋らしきものがあった。まだ昼下がりの刻限なのに、店は商いをしていて、人の姿もあった。

三樹之助が敷居を跨ぐと、「あっ」という声が上がった。

店の中には、六、七人の若い男や女がたむろをしていた。浪人者や小旗本御家人の次三男、遊び人といった風貌《ふうぼう》の者たちである。安酒のにおいが、ぷんと鼻を衝いてきた。

もう一度見回すと、三人が侍で、遊び人ふうが二人。濃い化粧をしたあばずれといった気配の小娘が二人いた。

土間に縁台を置いただけの店である。

声を上げたのは、舟から川に突き落とした遊び人ふうだった。目をやると、隙があれば逃げようという気配だ。

侍の中には、逃げ出していった者の顔もあった。しかし他の者は、初めて見る顔である。どれもこの界隈のゴロツキに違いない。

皆、不気味なものを見る目つきでこちらを見ていた。何かを言ってくる者はなかった。昨日のことは、どの顔も知っているのだと思われた。

「光達なる祈禱師を知っているな」

連中の反応にはかまわず、三樹之助は言った。三、四人の者が小さく頷いた。昨日襲ってきたことや、志保を攫ったことについては、何も口にしなかった。そのことを責めにきたわけではない。

「初めに、お前らに近づいてきたのはいつのことだ。どういうふうに声をかけてきたのだ」

一人一人の顔を、順々に見詰めながら言った。だが体を強張らせるばかりで、返答をする者はいなかった。

そこで三樹之助は、水に落とした遊び人ふうを睨みつけて言った。黙っていては済まさぬぞと、脅したのである。

「あ、あれは、今月の朔日だったたっけか」

恐る恐る声を出した。問いかけられた娘が頷いている。

「おれたちは、日本橋馬喰町の通りにいたんだ。そしたらよ、酒樽を積んだ荷車が、勢いよくやって来やがった」

角を曲がりきれず、荷の四斗樽が崩れ落ちたのである。

箍がはずれて、酒と板が飛び散った。たまたま傍にいた仲間の一人に酒がかかり、
板が腕にぶつかった。

「こっちは悪くねえからよ、ちっとばかり着物の洗濯料と薬代を受け取った。光達ってえ祈禱師は、それで酒のかかった仲間に声をかけてきたんだ」

「うん。それからあいつは、おれたちに声をかけてくるようになったんだ。まあ一番うまくやっていたのは、彦次郎《ひこじろう》さんだな」

応じたのは、ここまで案内させた男である。

「彦次郎とは、何者だ」

「酒をかけられた、おれたちの仲間さ」

「あたし、彦次郎さんが光達と二人で酒を飲んでいる姿を見たよ」

小娘が言った。浅草寺の門前界隈だという。

「何をしている者だ。住まいはどこだ」

「お旗本の次男坊だ。家禄八百石のご大身ってえことでね、歳は二十七歳。屋敷は下《した》谷《や》七軒町《しちけんちょう》って聞いたな」

「ほう」

驚いた。自分と同じような境遇だと感じたからである。三樹之助の実家大曽根家は家禄七百石だった。

「なんというお家だ」

「兼松《かねまつ》という家ですね。彦次郎さんは、ヤットウの達人で、ええ強い。何しろ背が高いので、上から振り下ろされたら、ひとたまりもねえ」
十七、八の男が言った。
「なに。その兼松彦次郎は、長身だというのか」

「へい。これくらいはありますね」

片手を上げて、背の高さを示した。その丈は、湯島聖堂裏手で闘った、頭巾の侍とほぼ同じものだった。

「彦次郎さんならば光達のことを、おれたちよりは知っていると思いやすぜ」

他の男が言った。

三樹之助は店を出た。下谷七軒町に向かったのである。元鳥越町《もととりこえちょう》から北西に行った先、三味線堀《しゃみせんぼり》の近くだ。

ここには出羽秋田藩佐竹《でわあきたはんさたけ》家の上屋敷がある。兼松屋敷は、その目と鼻の先にあった。敷地八百坪ほどの片番所付長屋門である。大曽根家の屋敷は深川だが、ほぼ同じくらいの格式だった。

門扉《もんぴ》が重く閉ざされていた。雲に覆いつくされた空の下、しんとして物音もしない。

ぽつりぽつりと雨粒が落ちてきた。

二

ぽつりぽつりと降り始めた雨だが、夕刻には本降りになった。暗くなっても、降り止む気配はない。風はないが、やけに肌寒かった。

深川西平野町の材木問屋信濃屋善右衛門は、神田川の南にある下柳原同朋町《しもやなぎわらどうぼうまち》の料理屋『花籠《はなかご》』で、大名家の留守居役を接待し送り帰した。駕籠を呼んで乗せ、店先まで見送ったのである。

大名家で、妻妾《さいしよう》の住まう中屋敷を改築する。その材木を納入するための、打ち合わせを行ったのである。信濃屋は名の知られた寺社の新築や改築の材木の納入を請け負っている商人だから、その実績で一部の大名家にも出入りが許されるようになった。

ただ確実に納品できるわけではないので、留守居役を招き、材木の説明を行った。

「やれやれ、それでは私も引き上げようか」

店のおかみと雑談をしてから、腰を上げた。料理屋の下男が辻駕籠を呼んできたと、知らせてきたところである。

「どうぞお気をつけになって」

見送りに出たおかみが言った。

「なあに。今度は大丈夫ですよ」

善右衛門は、そう言った。傍《かたわ》らには用心棒として、二人の侍を連れていた。どちらも深川では名の知られた剣術道場から、腕っこきの剣士を雇い入れたのであった。話を聞いただけでなく、実際の剣捌《けんさば》きを見て、相場の倍の用心棒代を奮発したのである。

「襲ってくるならば、襲ってこい」

二人の侍と奉公人ではもっとも膂力《りよりよく》のある十七の小僧、その三人に守られての帰宅だ。三人は蓑笠《みのかさ》を身につけて、駕籠の両脇についた。

駕籠は小さく揺れながら、両国広小路をへて幅九十六間の両国橋を渡った。初冬の雨で、これまでよりもひと際寒くなっている。しかしそれでも橋の上や東西の橋袂には人の姿があった。

屋台店は出ていなくても、居着きの煮売り酒屋や飯屋、小料理屋などが明かりを灯していた。女中が客引きをしている居酒屋もあった。

辻占《つじうら》を売る、小娘の声が聞こえた。

「えいほ、えいほ」

駕籠は夜の雨をかき分けて、繁華な場所を駆け抜けた。本所に入ると駕籠は南に向かう。

竪川を渡る頃から、人気がまばらになった。右手に広がるのは大川ではなく、広大な御舟蔵だった。左手は武家地である。

提灯は、先棒の先に吊るされたものと小僧が持っていた。

善右衛門は、料理屋『花籠』の女房が持たしてくれた、小火鉢を膝の上に抱えている。真っ赤に燃えた炭がいけられていて、寒さはあまり感じない。

頭の中で、これからの商いのことを考えていた。大名家中屋敷の仕事も請けたいが、もっと大きな仕事が数日後に控えている。まずそちらを、はっきりさせなくてはならなかった。

少々強引な遣り口でも、よい仕事をしたいとの気持ちがあった。すでに良質の材木を仕入れている。儲《もう》けたいのはもちろんだが、それだけではない。

ただ今の段階では、公にしたくないという思いがあった。寛永寺の麓詮が殺されたと岡っ引きの源兵衛に聞かされたときは、思い当たるふしは何もないと答えた。

商いがはっきりしたならば、伝えるつもりだった。

「えいほ、えいほ」

駕籠舁《か》きの声と雨音、水を弾く足音が善右衛門の耳に響いてくる。急いでいるわけではないので、駕籠の揺れはほとんど気にならない。

接待の席で、少し酒を飲んでいた。小火鉢があるから寒くはない。うとうとと、眠気が押し寄せてきた。

どれほどの間があったのか、人の声がして目が覚めた。駕籠が止まっている。ついでどんと落とされた。頭を駕籠の前後を貫く長柄《ながえ》にぶつけた。

「な、何だ」

善右衛門は駕籠のたれを捲り上げて前を見た。

「おおっ」

おぼえず声が出た。驚きの声だったが、恐怖は感じていなかった。

淡い提灯に照らされた先にいたのは、黒い頭巾を被った長身の侍である。ぐっしょりと雨に濡れそぼっていた。

すでに白刃を抜き払っている。

雇っていた用心棒二人は、駕籠を庇《かば》うように前に出ていた。どちらも刀を抜き終えている。

頭巾の賊は、八双に構えていた。一足一刀には、やや間のある距離だった。二人の用心棒は、正眼に構えている。善右衛門は周囲を見回したが、闇と雨に阻《はば》まれてか人の姿はどこにも見られなかった。

賊は一人である。二対一となることを承知の上で、襲いかかってきたのだった。

善右衛門は少し、落ち着かない気持ちになった。数の上ではこちらに利があるが、相手は堂に入った身構えに見えた。こちらの用心棒二人は、攻めあぐねていると感じたのである。

あり得ないはずだが、万一のことがあったらどうなるか。それを考えてぞっとした。あたりを見回すと、提灯を持っていた小僧の姿が見えない。逃げ出した模様である。

嫌な予感があって、駕籠から出ようとした。

だがそのとき、雨を斬り裂いて激しい声が上がった。

「やあっ」

用心棒の一人が、打ちかかったのである。足下の水が撥ねて、剣尖《けんせん》が賊の喉元に迫ってゆく。伸びのある一撃だった。そしてもう一人の用心棒も、呼応するように前に出た。

振り上げられた白刃は、肩先を狙っていた。

「とうっ」

頭巾の侍も前に出た。迫ってくる突きを払い上げると、体を捻った。勢いのついた用心棒の体をそらして、もう一人の相手の腹を横に薙《な》いだ。

一呼吸ほどの間のことである。

「わあっ」

雨の中でも、血飛沫《ちしぶき》が舞ったのが見えた。強張った体が、そのまま前に倒れた。

賊は休むことなく、もう一人の用心棒に襲いかかっている。体を回転させて、横に薙いだ刀を前に押し出していた。至近の距離である。

用心棒は刀身を振ってこれを絡めようとしたが、できなかった。剣尖が脇腹に呑まれていった。

「ぎゃあっ」

叫び声を上げたのは善右衛門だった。あり得ないと思っていたことが、本当に起こってしまった。

駕籠から飛び出した。体ががくがく震えている。履物など履くゆとりはなかった。

雨が全身にかかってくる。その中を必死で走った。

「た、助けてくれっ」

慌てていたせいか、足下が滑った。泥濘《ぬかるみ》に足を取られたのである。両手を突いて倒れた。ばしゃりと泥が顔にかかった。

すぐ後ろに、駆け寄ってくる気配がある。泥水に手をついたまま振り向いた。頭巾の侍が、仁王《におう》のように聳え立って刀を振り上げていた。

「お、お前は、何者だ」

善右衛門は叫んだ。だが賊は、何も答えなかった。見下ろしてくる眼差しが、刺すように鋭く感じられた。

刀が振り下ろされた。善右衛門は逃げることはもちろん、避けることもできなかった。

三

夢の湯では暮れ六つ（午後六時）の鐘が鳴って四半刻も過ぎると、番頭の五平が番台から降りて男湯女湯の暖簾を下ろし内側に入れた。

「なんだい、もう閉めちまうのかい」

そう言って入ってくる客もいる。

「ええ、もうこの時期になると、湯が冷えるのが早いですからね。風邪を引いてしまいますよ」

五平はそう答えて、差し出される湯代の十文を受け取らなかった。

湯屋は大量の薪を使って火を熾《おこ》す。火事が怖い江戸の町では、日が落ちてから湯屋が釜を焚くことは禁じられていた。ただそれで商いを止めろという決まりはないので、湯が温かい内は客を入れた。

夏の間ならば、かなりぬるくなっても客を入れる。しかしこの時節になってぬるい湯に入ったら、すぐに風邪を引いてしまう。

「あんたとこの湯に浸かって、咳が止まらなくなった」

などと言われてはかなわないので、客は入れない。四の五の言う客がいたら、強面の源兵衛が出てゆく。

最後の客が帰ると、洗い板の掃除を全員で行った。湯垢がついたままにしておくと、滑りやすくなる。これが済んで、ようやく湯屋の一日が終わる。

湯船の湯は、一日では抜かない。江戸は水の便が悪いので、大量に使う湯屋では三日から四日はそのままにして減った分だけ入れ足した。ひどいところでは、六日も七日も使うところがあった。

だからきれいな上がり湯は、貴重だった。

昼飯と晩飯は、手がすいた者から交替で食べる。皆が一緒に食べるのは朝飯だけだ。

「じゃあ、あたしはこれで」

近所のしもた屋から通っている五平は、湯代や膏薬などを売った銭の帳尻を合わせると帰ってゆく。この頃になると、冬太郎はあくびをし始める。

「さあ、寝るよ」

お久が、子供たちに声をかける。朝が早い湯屋では、寝るのも早かった。

源兵衛が晩酌を始めた。三樹之助は相伴《しょうばん》をしながら、今日浅草下平右衛門町へ行き、ゴロツキ共から聞いてきた、兼松彦次郎のことを伝えた。

「すると今度は、その次男坊を探ってみることになりますね」

「そういうことだな」

三樹之助は、大曽根家とほぼ同格の旗本家の次男坊だという男が気になっていた。自分よりも五つ年上だ。そろそろどこかの家の、婿になっていていい年頃である。

部屋住みの身分である三樹之助には、兼松という家の名は聞いたことがなかった。

兼松の屋敷前にいた頃から降り出してきた雨は、日が暮れても止んでいない。

そこへ心張《しんば》り棒《ぼう》をかった男湯の戸を叩く者がいた。かなり乱暴な叩き方である。湯客ではなさそうだった。

三樹之助が戸を開けると、蓑笠を身につけた見慣れない男が立っていた。駆けてきたらしく、息を切らしている。

「信濃屋善右衛門が、賊に襲われて斬られました」

深川八名川町の岡っ引きの手の者だと名乗った。その男は、源兵衛を呼び出してそう言った。

二人の用心棒と共に、一刀のもとにやられたというのである。

同道していて逃げ出した小僧は、近くの八名川町の自身番《じしんばん》に走り込んだ。人が駆けつけたときにはすでに三人とも斬られて、襲った頭巾の侍の姿はなくなっていたらしい。

「ともあれ、行ってみなくちゃならねえな」

晩酌は始まったばかりだったが、源兵衛と三樹之助は、蓑笠をつけて夢の湯を出た。

三つの遺体は八名川町の自身番に運ばれていた。土地の岡っ引きに挨拶をし、さっそく戸板に乗せられたままの遺体を見せてもらった。

傍には、四十半ばの女房と初老の番頭がいて、灯明《とうみょう》と線香が上がっていた。女房は肩を落としてすすり泣いていて、番頭は項垂《うなだ》れていた。三樹之助と源兵衛は、どちらの顔も知っていた。

被されていた薄い夜着《よぎ》をめくった。三人の死体のうち、一人は間違いなく信濃屋善右衛門のものだった。肩から袈裟に、ばっさりとやられていた。刀傷はその一つだけである。

麓詮を斬った太刀筋と同じだと思われた。

用心棒の二人も、傷跡は一つずつだった。よほどの剣客の仕業である。

湯島の源兵衛にまで知らせが来たのは、信濃屋の小僧殺しの決着がついていないことを、番頭が土地の岡っ引きに話したからである。

善右衛門に同道していた小僧、それに二人の駕籠舁きは、自身番の中にいた。すでに大まかなところは尋ねられていたらしいが、源兵衛は改めて聞いた。

「襲ってきたのは、ずっ、頭巾を被った、背の大きなお侍でした」

小僧も駕籠舁きもそう言った。これまであった二つの殺しと、同じ者の仕業だと思われた。

「襲ってきたときに、何か言ったか」

「い、いいえ。何も言いませんでした。目の前に現れたときには、もう刀を抜いていました」

駕籠舁きの先棒《さきぼう》が言った。小僧も頷いている。三人とも寒いのか、唇が紫がかって体が震えていた。

「その頭巾の侍の他に、誰かいなかったか。近くではなくても、直垂姿の祈禱師はいなかったか」

これを聞いたのは、三樹之助である。これまでは、誰かが見かけていた。

三人は、顔を見合わせた。だがすぐに皆、顔を横に振った。身の危険を感じて、夢中で逃げたのである。まして雨も降っていた。

「懐の財布は、どうだったんですかい」

源兵衛が土地の岡っ引きに聞いた。財布は、抜かれていたとか。だが金だけが目当ての、物盗りの仕業だとは思えなかった。ちなみに用心棒二人の軽い財布は奪われていない。

そこへ何人かの男が、自身番に入ってきた。周辺に襲撃の目撃者や不審な者を見かけた者がいないか、聞き込みをしていた手先たちだった。

「こんな雨ですからね。気づいた者はいませんでした」

報告の声が聞こえた。

頭巾の侍は、前から善右衛門の命を狙っていた。そして今夜、まんまと事をなして闇の彼方《かなた》に消え去っていったのだった。

「賊は、兼松彦次郎なのだろうか」

三樹之助は、胸の中でつぶやいた。可能性は濃厚だが、どこかにそうあってほしくない気持ちがあった。

ほぼ同じ家禄の旗本家の次男坊である。跡取りにはなれず、婿の口を探す他は、武士として立つ道はないといっても過言ではない身の上だった。

次三男に生まれた武家の倅は、そういう鬱屈《うっくつ》を抱えて過ごしてきた。その気持ちは三樹之助にもよく分かるのである。だがそれだからといって、何をしてもいいことにはならない。

兼松彦次郎なる人物が、この度の事件とは関わりがないことを願った。

四

昨日の雨が嘘のように晴れ上がった。青い空の彼方に、冠雪《かんせつ》した富士《ふじ》のお山が見えた。

夢の湯の商いが始まって、源兵衛は湯島切通町を出て深川西平野町に向かった。御舟蔵付近で斬殺された信濃屋善右衛門と二人の用心棒の遺体は、朝のうちに検死が済んで返されているはずだった。

主人が殺された信濃屋は取り込んでいるだろうが、聞き取るべき話は些細《ささい》なことでも耳に入れておかなくてはならないと考えていた。

善右衛門が賊に狙われていたことは、分かっていたのである。しかし賊に辿り着けないうちに、このようなことになってしまった。

賊は善右衛門の動きを探っていて、人気のないところで襲ってきた。どうしても殺したい理由《わけ》が、向こうにはあるはずだった。

そのもとになるものが、信濃屋にある。これまでの調べが足りなかったという後悔が、源兵衛にはあった。

深川西平野町は、仙台堀《せんだいぼり》の北河岸に沿って東西に細長く延びる町である。ここととその隣東平野町、そしてさらに東にある吉永町《よしながちょう》は、木置き場に隣接しているため材木問屋の多い町だった。

材木職人や荷運び人足の住まう長屋、そしてそこで働く男たちを客にする、ちびた居酒屋や湯屋などがあるだけだ。

鄙《ひな》びた町である。深川でもはずれの、材木ばかりが並ぶ町だ。近隣の小商人や手間取り職人が、ちょいと材木を買いに行くなどということはあり得ない。

源兵衛が信濃屋に着いたとき、善右衛門の遺体は、奥の間に安置されていた。今夜通夜を行うという話だった。

二人の用心棒は、それぞれの住まいに運ばれた。

商いは休業となっている。八名川町の岡っ引きの姿や、本所深川方の同心の姿も見えた。探索で知り得たことは伝え合う決まりだ。

まず線香を上げてから、女房と話をした。昨夜は衝撃のために動揺し、ほとんど話を聞くことができなかった。今日はいく分落ち着いたかに見えたが、目は赤く腫れていた。

あまり寝ていないのだと思われた。

「湯島聖堂裏で襲われてから、旦那はどんなところが変わりましたかい。また下手人《げしゅにん》について、何か思い当たるようなことは言っていませんでしたかね」

すでに同心らに尋ねられているはずだが、お悔やみを言ったあとで改めて聞いた。

「あの人は、あまり商いの話はしません。ただ信濃屋のためになる大きな商いがあるとは話していました」

「ほう。どんな商いなんですかい」

「それは、言いませんでした。ただ請負《うけおい》をしたい店が、他にもあるとのことでした。何という店かは分かりません」

奉公人たちの話では、夫婦仲は悪くなかった。しかし商いについては、めったに話をしないことは前にも聞いていた。

次に初老の番頭に声をかけた。信濃屋には番頭が三人いて、店の出納《すいとう》を受け持つ一番番頭だった。店の商いの流れを、すべて摑んでいる立場の人物である。

「はい。その話は伺っています。ただお相手がどちらなのかは、おっしゃいませんでした。数日したらはっきりするので、そのときは一気に動くとおっしゃっていました」

「なるほど。数日のうちに受注が決まるわけだな」

「そういうことです」

となると受注を競っている商売敵は、焦っているに違いない。商いが大きければ大きいほど、利益も大きいはずだ。

「材木を納める相手の見当は、つかないのかね」

源兵衛は、番頭を睨みつけて言った。まったく見当もつかないなどは、あり得ない気がした。はっきりしないから口にしない。それだけのことではないのか。

「さようでございますな」

番頭は腕組みをした。真剣な顔だ。昨日までとは、状況がまったく違う。善右衛門は殺されたのである。

「新たに仕入れを行おうとしている材木の量は、かなりなものになります。たとえ大店の商家でも、二軒や三軒といったものではありません」

「なるほど。そうなると相手は大名家か。それとも橋普請でもあるのか」

「橋普請の材木ではありません。お大名か、あるいは寺社あたりではないかと考えておりました。ただお大名家のお話ならば、伺っています」

「なるほど。すると相手は大きな寺だな。寛永寺か」

それならば、麓詮の殺害と繋がる。確かな手掛かりに近づいた気がした。最初に小僧が殺されてから、もう七日ほどが過ぎてしまっている。

「そうかも知れませんが、はっきりはいたしません」

番頭の物言いは、あくまでも慎重だ。だがそう感じている気配は濃厚だった。

「信濃屋と寛永寺には、商いの上でこれまでに大きなかかわりはあるのか」

「何度か納品を、させていただいています。ですがあれだけのお寺様となると、出入りの材木屋はうちだけではございません」

寛永寺は、将軍家の菩提寺である。材木に限らず、どのような品であれ御用達になれば、店の格が上がるのは確かだ。他の店を蹴落としても、納品が出来るようになりたいと考える商家は多いはずだった。

「寛永寺と初めに関わったのは、いつのことだ」

「七年前でございます。忘れはいたしません」

「何をしたのだ」

「釣鐘堂《つりがねどう》のための材木を、寄進いたしました。ですから儲けはございませんでしたが、他の御用で収めることができるようになりました」

「関わった寛永寺の僧は、麓詮どのではないのか」

「それは存じません。旦那様は、お一人で事を進めてしまうことがよくありました。もちろん仕入れた材木についてならば、詳細が分かりますが」

源兵衛は、寛永寺へ出向くことにした。麓詮が殺されたときに話を聞いた僧侶を訪ねたのである。

向こうは源兵衛をよく覚えていた。

「七年前の釣鐘堂のことですな。あのとき寺側で材木屋と関わったのは、そうそう麓詮様でしたな」

善右衛門は、麓詮のことを知らないと言った。だがあれは偽りだった。大きな商いが目の前にぶら下がっていたから、秘しておきたかったのではないのか。

「最近の麓詮様は、どのような役割をなさっていたんですかい」

「それでな、あれから拙僧も聞いてみた」

寛永寺には、三千名ほどの僧侶がいる。さまざまな行事をこなし、寺の運営を行う。役務が違えば、それぞれの役割の詳細に気づかぬうちに過ぎてしまうことは、少なからずあった。

「当寺ではな、近くご本堂の改修工事を行う。それに関わっておいでてした」

「関わるとは」

「そうですな」

どう答えるか、わずかに思案するふうを見せてから続けた。

「大量の材木を使用する。何せご本堂ですからな。それはもう、吟味《ぎんみ》された上質ものでなくてはなりませぬ。納入する材木屋は、どこでもよいわけにはまいりません」

「ということは」

「どこの店に請け負わせるか、どういう材木を使うか、宮大工ともさまざまな打ち合わせをする。もちろん麓詮様お一人でなさるわけではないが、寺として指図をいたす役割といったらよいでしょうな」

「ほう」

決定権はないにしても、本堂改修工事の業者選定について、大きな発言権を持っているのは明らかだった。

「つかぬことを伺いやすが、どのような材木屋の名が挙がっているのでしょうか」

これは、殺しの探索である。聞かないで帰ることはできない。相手の僧が知らないといったら、麓詮の後任になった者に尋ねるつもりの源兵衛だった。

「秘事に属することゆえ、公にはできぬ。だが何があっても口外せぬならば、教えて進ぜよう」

声を潜めた。どこから聞いたか知られれば、寺の機密を漏らしたということで、あとで面倒になる。相手に問いかけず、胸に秘めただけで探索に当たるのが、話をする条件だった。

「承知でごぜえます」

「四つの名を聞いた。一つが深川西平野町の信濃屋ですな」

「さようで」

源兵衛の体に、すうっと力が漲《みなぎ》った。麓詮と善右衛門がここで明確に繋がったののである。ようやく今度の事件の外枠が見えてきた気がした。

頭巾の侍は、この本堂改修の材木納入に関わる流れの中で襲撃を行ったのだ。長年の岡っ引き稼業で培《つちか》われた勘がそう伝えている。

他には次の三名だった。

本所林町《はやしちょう》淡路屋《あわじや》宗五郎《そうごろう》
深川島田町《しまだちょう》加治川屋《かじかわや》六左衛門《ろくざえもん》
深川吉永町但馬屋《たじまや》欽兵衛《きんべえ》

「へい。ありがとうございやした」

源兵衛は三つの名を胸に刻み込んだ。長身の頭巾の侍と祈禱師は、この三人の中の誰かの指図を受けている。その考えは、揺らがない。

五

源兵衛が寛永寺で話を聞いている頃、三樹之助は下谷七軒町にある家禄八百石の旗本兼松家の門前に立っていた。今日も門扉は閉じられたままだった。

出羽秋田藩佐竹家上屋敷の、正面にあたる場所である。

昼下がりの日差しが、長屋門を照らしている。

三樹之助は、昼前は夢の湯の仕事をやって、それから出てきた。ここのところ毎日のように出かけているので、源兵衛の探索の手伝いとはいえ、かなり気が引けていた。

「できれば、夢の湯にいていただきたいんですけどね」

お久に外出を伝えると、すぐに言われた。

ここのところ、三樹之助に対する当たりはずいぶんと柔らかくなったのは確かである。志保に対する見方が変わっただけでなく、意地を張ることもなくなった。繕《つくろ》い物《もの》をしてくれたり、好物の玉子焼きもときには作ってくれたりするようになった。

「あつかいが変わったね」

敏感なおナツが言った。

しかし湯屋を商うおかみという立場になると、いい顔ばかりはしていられない。あてにされている、夢の湯の戦力の一人なのだ。少ないとはいえ、月々の給金ももらっていた。

そこらへんの事情は、三樹之助にもよく分かるのである。だから昼前までは、精一杯体を動かした。

兼松屋敷の門前には、箒の跡があった。昼前に中間が済ませたのだろう。門扉は閉じられていても、人がいるのはあきらかだ。

武家地では、通りかかる者の数は極めて少ない。また通りかかっても、江戸に出てきて間のない大名家の勤番侍では話にならなかった。隣近所のことでも、何も知らなかった。

仕方がないので、屋敷に一番近い辻番所《つじばんしょ》へ顔を出した。何があっても、駆けつけることなどできなそうな、痩せた老人が居眠りをしていた。

「ちとお尋ねしたい」

声をかけると、ようやく目を覚ました。顎《あご》についた涎《よだれ》を、着物の袖で拭いた。

「兼松家のご当主は、与左衛門《よざえもん》という方で西丸裏門番頭《にしのまるうらもんばんがしら》のお役についていますな。お年は五十代半ばでしょうか」

三樹之助が尋ねると、老人はそう言った。初めに四文銭を二枚握らせている。皺《しわ》の寄った顔で、白い鼻毛が伸びていた。

兼松家は、三河《みかわ》以来の直参だという。このあたりは、大曽根家と同じだった。大家とはいえないが、直参として由緒《ゆいしょ》ある家柄である。

「登城は馬で、いつも難しそうな顔をなさっていますな。笑った顔など見たことがない。律儀《りちぎ》なお人というふうにも見えるが」

「ご子息に彦次郎様がおいでですね」

「うん、兄上よりも背の高い方ですな。なかなかの剣客だと聞いています。そうそう、心形刀流《しんぎょうとうりゅう》伊庭道場《いばどうじょう》で免許を得た腕前だとか」

江戸では、三樹之助が通った直心影流団野道場とほぼ同格と評される名門道場である。伊庭道場で免許を得たならば、かなりの腕前であることは間違いない。

「どのような御仁かね」

「さあ。わしはここで辻番をして十年ほどになるが、口を利いたことなどないですからな。ただ一度、通りに水を撒《ま》いていたとき、『邪魔だ』と言われたことがありましたな。別に水を引っ掛けたわけではありませなんだが」

睨まれたという。今年の夏のことだそうな。老人は不快なことを思い出した顔になった。

「前から、傲岸《ごうがん》なふうがありました」

あまり良い印象は持っていないようだ。

「もう二十七歳だそうだが、婿に行く気配はないのであろうか」

三樹之助には美乃里という許嫁があった。しかしそれがなければ、どこかから話があったはずである。彦次郎にもあってしかるべきだし、年齢からいえば晩《おそ》い部類といえる。

「まあ、それを知りたかったら、屋敷を訪ねるしか手があるまいよ」

そう言われてしまった。確かに一介《いっかい》の辻番が、旗本家の内情を詳しく知っているわけがなかった。話題を変えた。

「跡取りはどなたですか」

「一つ違いの与一郎《よいちろう》様という方が、おいでになりますな。こちらは剣術よりも、学問といった様子です。彦次郎様のような強健な見た目ではありませぬな」

「その方はお歳からして、もう嫁ごをお持ちなのだな」

三樹之助の兄一学は、歳が二十六だ。秋に祝言を挙げるということだったが、三月ほど延びている。

「はて、祝言を挙げたという話は聞かぬが」

「兄弟仲はどうですか」

「さあ。ただ一緒に歩いている姿は、まったく見かけませんな」

兼松家には男子が二人いるだけで、姫ごはいない。当主与左衛門にはカネという妻女がいて、先代夫婦はどちらもいない。

「昨日のことだが、彦次郎様は外出をなされたか。なされたなら、いつごろ戻られたのか」

善右衛門が殺害された刻限に屋敷にいたならば、犯行はできなかったことになる。そこを確かめたかった。

「そんなことは、分からんよ。わしは兼松家を見張っているわけではないのですからな」

辻番に聞けるのは、これくらいのことだった。

三樹之助は、心形刀流伊庭道場へ足を向けた。道場は同じ下谷にある。団野道場よりもやや狭いが、破風《はふ》造《づく》りの立派な建物だった。

掛け声や踏み込みの音、竹刀《しない》のぶつかり合う激しい音があたりに響いていた。三樹之助はこの音を聞くと、体がむずむずしてくる。物心ついたときから、剣術道場の音と汗のにおいが身の回りにあった。

屋敷を出て五ヶ月近くになるが、馴染んだ道場には顔を出していない。夢の湯の狭い裏庭で、形稽古や一人稽古は欠かさずしているが、それで満ち足りた気持ちになれるわけではなかった。

「一手ご教授願いたい」

と入って行きたいところだったが、今はそういうわけにはいかない。門からやや離れたところで、道場の様子をうかがった。

ときおり門弟の出入りがある。稽古に来るのはおおむね十代二十代といった層だが、隠居した老剣士とおぼしい者も少なくなかった。

それぞれの年齢や技量に合った稽古をしてゆくようだ。歳の頃二十三、四の門弟二人が、通りに出てきた。小旗本か御家人の次三男といった気配だ。稽古を終えて、帰宅をするところだろう。

三樹之助は、近づいていった。外から見張っているばかりでは、何も分からない。

「兼松殿ならば、存じておる」

声をかけた両方が、彦次郎を知っていた。歳も近いし、免許の持ち主ならば知られてもいるだろう。

「今、道場にはおらぬが、今日あたりはお見えになるのではないか。稽古には、熱の入る方だからな」

顔に痘痕《あばた》のある侍が言った。どこかに揶揄《やゆ》する響きがある。

「ちと内密に、兼松殿について伺いたいのですが、いかがでござろうか。これは些《さ》少《しょう》で恐縮ですが」

三樹之助は懐から五匁銀を取り出して、差し出した。こういうこともあろうと、源兵衛が持たせてくれたのである。大金だとは思ったが、まさか四文銭二、三枚では話を聞けないと考えた。

「おう、それはいっこうに構わぬ」

二人の門弟は、思いがけぬ話に相好《そうごう》を崩した。あっという間に、金を受け取っていた。三人で道端に寄った。

「兼松殿は稽古熱心だということでしたが、よほどの腕前なのですか」

「それはもうなかなかの腕でな、荒稽古で知られている」

「さよう。手加減をせぬので、相手をするのを嫌がる者が多いな」

二人は顔を見合わせた。口に嘲りが浮かんでいた。やれやれという気配だと感じた。

「早い話が、腕は立つが嫌われているわけですな」

あえて身も蓋もない言い方をしたが、相手はどちらも頷いた。嫌っているのは、この二人なのかもしれない。

「しつこく激しい気質でな、俺は腕達者だと誇示したいのであろうよ」

「それにこの一、二年は、気持ちも荒れておるようだな」

「うむ。町のゴロツキどもと、付き合っているという噂を聞いたことがあるぞ」

二人は眉を顰めた。

「何かあったのですね」

三樹之助がそう言うと、瘂痕の門弟が応じた。

「貴公は跡取りか、次三男か」

「次男ですが」

「ならば分かるであろう。婿の口のない者がどうなるか」

そういわれて、ああと溜息が出た。兼松屋敷近くの辻番で、三樹之助が彦次郎について話を聞いたとき、真っ先に浮かんできたことがそれだった。

『厄介叔父《やっかいおじ》』という言葉がある。武家の次三男に生まれた者は、家督《かとく》を継ぐことはできない。武士として世に出るためには、男子のいない家に婿に行き、そこの当主になる以外に道はなかった。

婿になることができなければ、部屋住みのまま生涯を実家で、厄介者として世話になるしか生きる道がなかったのである。

兄である跡取りが亡くなっても、その倅の世話になって生家で生きてゆく。新たな当主になった甥《おい》から見た立場が、『厄介叔父』というものだ。

一族の男子として生まれながら、一度として世に立つこともなく、日陰のままに生涯を終えるのである。

「これは本人から聞いたのではない、あくまでも噂だがな。兼松殿は、二、三ヶ月前にあった婿入り話が壊れたという。二十七歳は、もう若いとはいえぬからな。久々にあった縁談でその気になったらしいが、もう少しというところで断られたそうだ」

「ああ。あの婿入り話は、あやつにとっては最後かもしれぬな」

明らかに揶揄する響きが言葉にあった。

「ともかく、あの頃の稽古はひどかった。我らで憂《う》さ晴《ば》らしをしているようであったな」

兼松彦次郎は、己の将来に希望を持つことができず苛立っている。このままでは厄介叔父に成り果てると考えたならば、無謀なことにも手を染めることがないとはいえないだろう。

三樹之助は、暗い気持ちになった。彦次郎だけでなく多くの次三男には、そうなる可能性が皆無とはいえないのである。

ただ自分が卑屈《ひくつ》になることもなく、暗い考えに浸ることもなく過ごしてこられたのは、ひとえに兄一学の人柄による。幼い頃から、待遇に歴然とした違いがあったが、それを超えて弟である自分を可愛がってくれた。

菓子をもらえば、必ず同じように分けてくれた。玩具《がんぐ》も読みたい書籍も共有してくれた。

「おれは跡取りだ」

という言動をしたことは、一度もなかった。もちろん幼い頃、喧嘩をして殴られたことはある。しかしそれは兄弟の中だけのことで、兄は自分を愛してくれていた。今になっても、その思いは変わらない。

「兼松殿は、兄弟仲はどうだったのですかな」

三樹之助は問いかけた。

「よくはないだろうな。あやつが、兄についてよく言っているのを聞いたことがない」

痘痕の門弟は即答した。

「ところでな。その兼松殿の兄だがな、近頃病が重いという話を聞いたぞ」

もう一人の方が言った。

「おお、それがしも聞いた。場合によっては長くはないとの話だな」

「それは、まことですか」

三樹之助は、驚いた。もしそれが事実ならば、彦次郎は殺しなどしないだろうと考えたからだ。兄が亡くなれば、二人しかいない兄弟である。黙っていても跡取りになれるのだった。

家禄八百石の当主となる。その資格を無にするような行為を、するとは思えなかった。へたをすれば、家をも潰してしまう。

「おい」

痘痕の門弟が、三樹之助の肘をつついた。顎をしゃくっている。その方向に目をやると、二十代後半といった年恰好の長身の侍が、伊庭道場へ歩いてくるところだった。

「あれが兼松だ」

やや俯《うつむ》き加減で、陰気な印象があった。隙のない身ごなしで、剣の修練を積んだ者の歩き方である。

三樹之助は湯島聖堂の裏手で闘った、頭巾の侍のことを思い返した。背丈は、同じだと感じた。けれども違ってほしいという気持ちも、どこかにあった。

旗本家の次男坊という共通点が、あったからかもしれない。

六

夕刻三樹之助と源兵衛は落ち合って、深川西平野町の北側にある雲林院《うんりんいん》という寺へ行った。信濃屋善右衛門の通夜が、ここで行われることになっている。

出会ったところで、二人はそれぞれ聞き込んだ内容を伝え合った。

善右衛門と麓詮が寛永寺本堂改修工事に関わる中で繋がったこと、そして材木納入の請負を目指している店が他に三軒あったことを、三樹之助は知らされた。

源兵衛は口外を禁じられていたが、ここだけの話として漏らしたのである。

「表立っては、尋ねることができぬわけだな」

「そういうことですね」

頷いてから源兵衛は、三樹之助が聞いてきた話に話題を変えた。

「兼松彦次郎と祈禱師のどちらかが、このどこかの店に出入りしていると分かれば、おもしれえんですがね」

三樹之助にしてみれば、兼松であって欲しくないという気持ちがある。ただ、では他に善右衛門や麓詮を殺害した者がいるのか、となると今のところでは何ともいえなかった。

探索を続けてゆく他には、手立てがない。

雲林院へ二人で向かうのは、弔問《ちょうもん》に訪れる通夜の客の様子を見ておこうという考えからだった。殺害者もしくはそれに関わりのある者が、様子をうかがいに来ることがないとはいえないと、これは源兵衛の考えだった。

小名木川と仙台堀に挟まれたこのあたりは、深川でも寺町である。雲林院は、大名屋敷に劣らないくらいの敷地を持った大きな寺だった。

日は西空に沈み切ってはいなかったが、境内にはすでに篝火《かがりび》が焚かれていた。大店の材木問屋主人の通夜である。人もだいぶ集まっていた。

商人もいれば職人、人足の姿もあった。武士や僧侶の姿も見かけられた。おそらく近所の人たちもいる。

善右衛門の女房や跡取り、番頭らは、次々に現れる弔問客の挨拶を受け、応対に追われていた。源兵衛と三樹之助は、二十代半ばの手代をつけてもらった。三人知った顔などないので、気になる者が現れれば、あれは誰だと手代に聞いた。

は、通夜の営まれる本堂正面からややはずれた場所で、やってくる弔問客を見ている。鉦《かね》や木魚《もくぎょ》の音が響いて、読経《どきょう》が始まった。野太い声が、夜の境内にこだまする。ときおり篝火の爆ぜる音も加わった。

「あれが島田町の加治川屋さんのご主人六左衛門さんですね」

手代が囁《ささや》いた。紋服姿で、手代らしい若い奉公人と職人二人を連れていた。日焼けした鷲鼻《わしばな》の中年男の横顔を、源兵衛と三樹之助は見詰めた。

寛永寺への材木納入について関わりのある三つの店の主人が現れたなら、教えるようにと手代に命じていた。

本所林町の讃岐屋とは、一切関わりがないそうな。しかし島田町の加治川屋と吉永町の但馬屋は、同じ深川で商いをする同業だった。商売敵ではあっても、主人の通夜や葬儀には顔を出すだろうと手代は言っていた。

寛永寺への納品は、利益も少なくはないが、それよりも将軍家菩提寺に材木を入れているという実績が、その他の商いに影響をする。中小の店ではそういうことができないから、加治川屋も但馬屋も勢いのある店といえた。

番頭と挨拶を交わし本殿に入って行く六左衛門は、やり手の商人といった精悍《せいかん》な眼差しをした男だった。もちろん祈禱師など連れていない。

「人を遣って、殺害をしそうな人物か」

三樹之助が手代に問いかけると、困惑の顔が返ってきた。

やや遅れて、吉永町の但馬屋欽兵衛が現れた。これも紋服姿で、中肉中背。材木屋というよりも、呉服屋か小間物屋が似合いそうな優男《やさおとこ》だった。信濃屋の番頭に、丁寧な挨拶をした。

「あの方は、物腰は柔らかいですが、商いでは人を出し抜くようなことも平気でしますね」

手代が言った。

「どういうことをするのだ」

「まとまりかけている商談でも、横から割り込みます。また仕入れには、相手の足下を見ます。安く買い叩くという噂です」

「しかしな。多かれ少なかれ、それくらいのことはどこでもやっているんではねえかい」

源兵衛が言うと、手代は気まずそうな顔になった。源兵衛の言葉には信濃屋でもそうだろうという含みがある。

焼香を済ませた弔問客は、本殿から回廊によって繋がれた建物の一室で、清めの酒を飲んでゆくことになる。

焼香を済ませすぐに引き上げる者も、遅れて駆けつけて来る者もあった。境内には人の行き来があり、挨拶をしあう姿もあった。

加治川屋六左衛門も但馬屋欽兵衛も、清めの席には出ないで引き上げていった。寺にいる間中、目で追っていたが、不審な行動は見当たらなかった。同業の材木屋や町名主、近隣の商家の主人と短い会話を交わしただけである。

他の弔問客でも、不審な人物はうかがえなかった。怪しげな長身の侍も姿を現さない。

通夜の場には一刻ほどいて、源兵衛と三樹之助は湯島の夢の湯へ戻った。

源兵衛は翌朝、本所竪川の南河岸にある讃岐屋へ行った。林町も横川に近い五丁目である。広い木置き場に角材が積まれたり立てかけられたりして、その一部が竪川の水面に映っていた。

鋸《のこぎり》を引く音がどこかから聞こえてくる。母屋《おもや》の脇にある葉の落ちた柿の木に、熟れた実がなっているのが見えた。

讃岐屋は、回向院《えこういん》の改築に際して材木を納入している老舗《しにせ》である。三代続いた材木屋だった。主人宗五郎は、俳諧《はいかい》なども行う風雅な一面もあるらしかったが、商人としても父から受け継いだ店を大きくした。

「あっしらの気持ちを、よく汲んでくれる旦那ですぜ」

木運び人足の一人に声をかけると、そんな言葉が返ってきた。下の者に対して面倒見のよい男だということらしい。

「兜巾を被って、笈を背負った祈禱師ですかい。さあ、町で見かけたことはありますが、出入りしているのを見たことはありやせんね」

商売の遣り口については、店から出てきた大工の棟梁《とうりよう》といった様子の男に声をかけた。

「阿漕なことをして、余所の仕事を取る人ではないですね。しぶとく食いついて、仕事をとることはあってもね」

そう応じた。商人がしぶといのは、悪いことではない。他にも材木屋があり、そこでも話を聞いた。

熱心な男だが、人を押しのけてまで何かをしようという者ではない感じだった。

「ごめんよ」

一渡り聞き込みをしてから、源兵衛は讃岐屋の店に入った。主人の宗五郎を呼び出したのである。

「信濃屋さんのお顔は、存じています。一昨日に、亡くなられたそうですね」

善右衛門の話をすると、向こうからそう言った。四十半ばのやや肥えた男である。ちょっと見ただけでは、座っている姿は狸の置物に似ていた。

「殺されるとは、本当に災難でしたな。お悔やみいたします」

岡っ引きが訪ねてきても、動揺する気配は微塵もなかった。善右衛門とは材木屋の寄り合いで顔を合わせたことがあるが、親しく口を利いたことは一度もないという。

このあと源兵衛は、加治川屋六左衛門と但馬屋欽兵衛のところへも行って話をした。この二人も、源兵衛が訪ねて、うろたえたり怯んだりする様子は見せなかった。

どちらも善右衛門の死を悼《いた》む言葉を初めに口にした。今日は雲林院で葬儀が行われることになっているが、それにも顔を出すそうな。

近所で聞いたところでは、加治川屋にも但馬屋にも、祈禱師や長身の侍が出入りするのを見かけた者はいなかった。

三人とも、寛永寺への材木納入の話には一言も触れなかった。

三樹之助は午前中に、下谷の兼松屋敷へ出かけていた。今日は一日夢の湯にいるつもりだったが、どうしても気になって出てきたのである。

善右衛門が殺されたときに、彦次郎は屋敷にいたのかいなかったのか。これは何としても、確かめなくてはならないと考えた。

話を聞いた近くの辻番の爺さんでは、埒《らち》が明かなかった。違う方法を取らなくてはならない。

三樹之助は屋敷の裏門へ回った。やや離れたところから、そこを見張ることにしたのである。中間であろうと女中であろうと、それはかまわない。出てきたところで尋ねるつもりだった。

婿の口を探しながら、断られ続けて二十七歳になった次男坊である。強請《ゆすり》たかりも厭《いと》わず、女を攫っておもちゃにしようというゴロツキどもと付き合っていた。荒んだ心の持ち主になっていることは明らかだが、初めからそうだったわけではあるまい。

いつ出てくるか分からない者を待つ時間は、極めつけに長く感じる。日が当たるので寒くはないが、じっとしているだけなのは辛かった。

どれほど待ったことだろうか。昇ってゆく日がだいぶ高くなった頃、裏門の戸が開いた。

中から出てきたのは、三十半ばとおぼしい色の浅黒い女中だった。何かの用達《ようたし》に出かける様子で、三樹之助はこれをつけた。しばらく歩いたところで、声をかけた。

「すまぬが、ちと話をうかがいたい」

手早く五匁銀を握らせた。女は怪訝な顔をしたが、金を押し返しはしなかった。

「彦次郎殿のことだ。一昨日の夕刻以降、屋敷においでになったか、それとも外出をしていたのか教えていただきたい」

一気に言った。なぜそのようなことを聞くのかと、女は初めぽかんとした顔をした。だがすぐに首をかしげた。思い出そうとしている。

ああ、という顔つきになった。

「お屋敷には、おいでになりませんでした。夕刻前にお出かけになって、戻って来たのは夜も遅くなってからです」

彦次郎を容疑者から外すことはできなかった。

七

湯屋には、決まった休みの日はない。菖蒲湯《しょうぶゆ》や桃湯《ももゆ》、冬至《とうじ》の湯など、月に一度から三度の紋日《もんび》はあるが、その日は商いを行う。ただ奉公人にとっては、客から十二文のお捻《ひね》りをもらえるから、これは楽しみにしていた。

ではまったく休みがないかというと、そうでもなかった。

湯屋は浴槽も体を洗う流し板も、すべて木でできている。もちろん壁も天井も同様だ。

夜明けとともに店を開け、日暮れて商いをやめるまで、この湯屋の板はいつも濡れていたり湿気を帯びたりした状態になっている。上がり湯の大桶も手桶も同様だ。

毎日商いをしていると、これらの板は、乾くことがないまま日を過ごすことになる。

だがそれでは、板は早晩《そうばん》腐ってしまう。そこで月に一度くらいの割合で店を休みにして、乾かす日を取ったのだ。

この休業日は、江戸の湯屋ではどこでも取り入れている。

五平が終日詰めている番台には、一枚の細長い木札が置かれていた。表には『明日休』と、裏には『今日休』と書かれてあった。明日休みと決めた日には、『明日休』の札を入口にかけて客に知らせた。当日には、これを裏返しておくわけである。

これは五平の役割だった。

しかしこれは、あくまでも湯船や床板、桶などを乾かすことが目的で、奉公人に休暇を与える趣旨《しゅし》のものではなかった。のんびりしていられるわけではないのである。

まず浴槽の湯を抜き、そこから始めて流し板まで、たわしや削った竹で洗いなおす。桶の類も同じだ。

湯垢を落としてから、風を通して日に当てる。洗った手桶は、店の入口の道端に、山形に積み重ねて日に当てた。

また箍の緩んだ桶があれば、これを締めなおした。壁に貼る宣伝の引き札も、期限の過ぎたものはこの日に剝がした。

新しいものを貼る場所を作るのだ。引き札を張ることは、湯屋の大きな実入りになる。

ただこれらの仕事に、一日がかかるわけではなかった。昼飯時くらいには終わってしまう。そうなると午後の半日は、皆が好きなように過ごすことができた。

「ねえ、おっかさん。どこかへ連れて行ってよ」

冬太郎がお久にねだっている。

「何言っているんだい。あんたらの冬物の支度を、しなくちゃならないじゃないか」

初めは三樹之助にねだってきたのだが、聞き込みに行こうという気持ちがあったので、不憫《ふびん》だが断っていた。

「つまんないなあ」

そう呟いて、店先に積まれた小桶の横で、冬太郎は日向《ひなた》ぼっこを始めた。腰に刀を差し、さあ出かけようとしたところで、三樹之助に来客があった。兄の一学である。

「久しぶりだな」

会うのは数ヶ月ぶりである。秋に祝言を挙げる予定になっていたが、急遽《きゅうきょ》城に見習いで出仕することになった。

それで祝言を三月ほど延ばしたのである。

兄には何としても式には出ろと言われていた。弟である以上、それは当然なのだが、家を出ている身の上だった。どうしようと思案していたところに、延期の便りがあった。三樹之助が夢の湯にいることを、両親は知らない。一学にだけ知らせていた。

「達者に過ごしているようだな」

「はい。おかげさまにて。兄上はいかがでございますか」

「城に上がると、まあ厄介なこともあるな」

そんな返答があった。慣れぬ城勤めが始まったからか、少し疲れている様子だ。剣よりも学問に秀《ひい》でた兄で、御納戸衆《おなんどしゅう》の一人に加わっている。

今日は非番ということだった。

「お父上もお母上も、達者でお過ごしだ。その方のことを、案じておったぞ」

屋敷を抜け出した直後、父はかなり怒っていたらしいが、いまでは気持ちも落ち着いたのかもしれない。

火のついていない釜の前で、積まれた薪に腰を下ろして話をした。城での役務の様子などである。

一息ついたところで、一学は話題を変えた。

「それで今日参ったのはな、ちと困ったことが起こったのだ」

三樹之助の顔を見詰めながら言った。どうやら、三樹之助に関わることらしかった。

「何でございましょう」

「昨日にな、酒井家から使いがやって来たのだ」

「ほう」

それは思いがけないことだった。大曽根家と酒井家にあった縁談は、とっくに破談になっていたと考えていたからである。

屋敷を出奔した五ヶ月ほど前に、父は三樹之助が病にあったことにして、酒井家にはそのむね文《ふみ》を書いていた。話が進まないようにしたのである。そして何の音沙汰《おとさた》もないままに、日が過ぎていた。

志保は度々《たびたび》夢の湯へやって来るが、縁談のことは見事に一言も口にしなかった。それで三樹之助は、すっかり流れたと受け取っていた。

また数日前に志保に会ったときにも、使いが現れるなどとは、おくびにも出さなかった。

「それで、何を言ってきたのですか」

こちらから問いかけた。正式に断ってきたのならば、それはそれでかまわないことだった。

志保と会ったとき、小笠原正親の話をした。美乃里に対してしたことを伝えたのである。正親の人となりが気に入らない模様だったが、近い縁戚《えんせき》であることは明らかだ。

小笠原家の口利きである以上、酒井家への婿入りはないと三樹之助は告げたつもりである。酒井家にしてみれば、これを機にはっきりと破談にしようとするのは当然の成り行きだろう。

「それがな、その方を父上共々招きたいと言ってきたのだ。そろそろ病も癒《い》えたであろうということでな」

「まさか」

仰天《ぎょうてん》した。招く趣旨は、縁談を進めようとする酒井家の意思に他ならないからである。

「なんでも志保殿の琴《こと》を聞かせ、茶を点《た》てようという話だった」

その話は前にもあった。しかし中断していたのである。

「どう返答をしたものかと、父上は困惑しておる」

「さようでしたか」

父上にしてみれば、三樹之助がどこにいるかさえ知らないのである。返事のしようがないのだ。まさか行方不明だとは、意地でも言えない。

「病がまだ癒えぬ、という返事ではいけませぬか」

今の状況ならば、大曽根家としては無難な返答である。それに酒井家の真意がどこにあるかも、はかり切れない気がした。

酒井家の当主織部は、小笠原父子とは違ってまともな人物だが、娘には極めて甘かった。だからこの縁談については、必ず志保の思いが投影されているはずである。

「あの人は、いったい何を考えているのか」

三樹之助は呟いた。

女心の移ろいについては、見当もつかない。けれどもどうしても得心がいかなかった。

確かに知り合ったばかりの頃とは、志保の様子が異なってきた。しかし夫婦になろうという気配は、とても感じられなかった。

また問題なのは、志保の気持ちだけではなかった。

両親や親類筋は、こぞって酒井家との縁談を進めたがっている。だが三樹之助にしてみれば、小笠原が関わる以上受け入れることができない話なのであった。

美乃里の無念は、忘れられない。

しばらくどちらも言葉が出なかった。しかし一学は、腹を決めたように口を切った。

「そろそろ決着をつけねばならぬときが、きたのではないか。いつまでもこのままでは、いられまい」

兄の言葉は、正鵠《せいこく》を射ている。どちらかと決めるならば、それははっきりしていた。破談にするしかないのである。

だがそれをはっきりとさせてしまうことにも、迷いがあった。自分の気持ちは、矛《む》盾《じゅん》している。

「即答はせずともよい。よく思案をしてみるのがよかろう」

それで一学は腰を上げかけたが、思い出したように口を開いた。

「もう一つ、知らせておかねばならぬことがあった」

表情は悪くない。三樹之助は、次の言葉を待った。

「小笠原正親のことだ。城に出ていて、耳にしたことだ」

「ほう」

どきりとした。御納戸衆として出仕している城中で、耳にしたことらしい。

「あやつ、また悪い癖が出たらしい」

嘲笑う口調だ。

「何か、ありましたか」

「御留守居付祐筆として出仕したことは、存じておるか」

「それは、団野道場の芹沢様から伺いました」

「達筆で、機転も利く。重宝がられたらしい」

「…………」

そんな話ならば、聞きたくもない。

「あやつ、調子に乗った。出入りの料理屋の若おかみに手を出しおった」

「まさか」

「商いだからな、初めの内は気を引くようなことも口にしたらしい。正親は、遊べると踏んだようだ。身分も伝えていた。これまでもそのようなことがあったが、大事にはならなかったのかもしれぬ」

　しかし若おかみは、騒いだ。亭主は板前で、包丁を手に駆け付けた。相手が旗本の嫡子でも怯まなかった。

「何をしやがる」

　包丁の刃先を、正親に向けた。これまでならば、相手は泣き寝入りをした。しかしここでは憎悪の目を向けてきた。それで逆上したらしかった。刀を抜いて斬りつけた。

　亭主は一命を取り留めたが、大怪我にはなった。

　町役人や定町廻り同心も駆け付けた。

「それでどうなりましたか」

「目付に引き渡された。町方では、どうにもならぬからな」

　町人とはいえ、人の女房に手を出し、さらにその亭主までを傷つけた。御大身小笠原家の跡取りでも、ただでは済まない。

「しかし小笠原家では、動くのではないですか」

　湧き上がる怒りを抑えながら、三樹之助は言った。小笠原家には、幕閣の中心に多数の親類縁者がある。

「いかにも。正親は、若おかみや亭主は納得の上だったとか告げたらしい。小笠原家も、その線で押すのであろう」

「無礼を働いたのは、相手の方だとするかもしれませぬ」

「そこまではあるまいが」

一学は言葉を飲み込んだ。こちらとしては、どうすることもできない。一学は続けた。

「まっとうな沙汰が、下されると信じるしかあるまい」

「うむ」

三樹之助にしてみたら、それでは済まない。しかしどうすることもできないのは、歯痒かった。

「何か動きがあったら、伝えよう」

そう言い残すと、一学は帰っていった。

八

一学を見送ったあと、三樹之助は神田、日本橋を経て新大橋へ向かう。

歩きながら、耳にしたばかりの小笠原正親の不始末について考えた。許せない出来事だ。

「あやつは、また繰り返した。美乃里のことは、何も心に残っていない」

それが何よりも腹立たしかった。悔しかった。湧き上がる怒りが治まらない。鎮めるために、ひたすら歩いた。

歩きながら考えた。正親を守るために、小笠原家は何をするか。幕閣を動かそうとするのか。微罪で済まされる虞《おそれ》があった。そうなったら、公儀が下した裁可に口出しはできない。

正親はまた、何事もなかったような顔で過ごしてゆくのだろう。それを見過ごしにはできない三樹之助だ。

「おれが天誅を下すしかない」

握り拳に力が入った。

新大橋を渡り終えた。深川元町や南六間堀町は、つい先日志保と白い狩衣姿の祈禱師光達を求めて歩いたあたりである。まずは気持ちを切り替えた。

通りかかったところをつけて、逆に襲われるはめに陥《おちい》ったが、そのことで兼松彦次郎の姿が浮かび上がってきた。

断定はできないが、光達と彦次郎は信濃屋善右衛門と麓詮暗殺に関わっている公算は高いと、源兵衛も三樹之助も考えていた。

ただ動機の面では、彦次郎が暗殺に加わる可能性は極めて薄い。重病危篤《きとく》の兄がいて、これが亡くなれば家禄八百石の旗本家の当主になれるのである。金だけのためならば、危ない橋を渡るとは思えなかった。

そうなるとやはり鍵になる人物は、祈禱師光達だ。

深川元町で初めに姿を見たのは、お半だった。その話を聞いて、三樹之助と志保がここへやって来た。光達がこの近辺に根城《ねじろ》を構えているのは、明らかだ。

そこで三樹之助は、再び出向いて来た。

深川元町から、六間堀に架かる猿子橋を渡る。先日志保とほかほかの饅頭を食べた茶店が、今日も商いをしていた。

ここで三樹之助は志保に、小笠原正親が美乃里に対してしたことを話した。志保は正親を非難する言葉を発したが、自分がどう思ったかについては何も言わなかった。いや言おうとしたのかもしれないが、そのとき光達が通りかかった。志保の考えを聞くことができなかったのである。

酒井家では、三樹之助と父左近《さこん》を招いてきた。志保は何を考えているのか、及びもつかないことだった。

茶店の前を通り過ぎた。東に向かって歩いた。光達がやって来た道筋である。右手は大名屋敷の片側町《かたがわまち》だが、人の通りは少なくない。

右手の大名屋敷が終わると、道の両側とも町家《まちや》となった。居酒屋や煮売り酒屋、一膳飯屋などといった飲食の小店が並び始めた。右手に現れた町は常盤町《ときわちょう》で、深川では名だたる岡場所があった。

路地をのぞくと、『京屋《きょうや》』や『小松屋《こまつや》』といった女郎屋の看板が見えた。昼下がりだから、男客で混み合う様子ではない。だが派手な色の暖簾を下げて、昼見世《ひるみせ》の客を取っているところもあった。

得体の知れない遊び人ふうや浪人者の姿も、ちらほらと見える。

まず煮売り酒屋の店先で、水を撒いていた中年の女中に声をかけた。

「修験者の衣装の祈禱師ですか。それならば、何度か見たことがありますよ」

あっさりと、そういう返事があった。ただどこに住んでいるかは分からなかった。酒を飲みにきたことはないという。年頃は三十代後半で、光達のことだと察せられた。

「姿を見るようになったのは、いつごろからかね」

「せいぜい半月ですね。それ以前は、見ていません」

直垂姿で背に四角い笈を担っているわけだから、嫌でも人目に付く。女中の言葉を信じれば、光達は半月ほど前にこの近辺で寝泊まりをするようになったということになる。

通りかかった米屋の小僧、浅蜊《あさり》の振り売り、瀬戸物屋の店番の婆さんにも声をかけたが、浅蜊の振り売り以外は、祈禱師の姿を見かけていた。ただどこに住まいがあるかを知ってはいなかった。もちろん名も知らない。

三樹之助は、町の自身番を探してそこで光達について聞いてみることにした。

「そのような御仁は、表通りにも裏店にもいませぬな。どこかの知人の住まいにでも潜り込んでいるのではありませんか」

こう言われてしまった。もう少し聞き込みを続けるしかないと覚悟を決めたとき、自身番の書役《かきやく》が言った。

「この近くには、旅籠《はたご》が二軒あります。そこに逗留《とうりゆう》しているのかも知れませぬぞ」

それで場所を聞き、さっそく向かった。

一軒目は、常盤町も小名木川に近いあたりにあった。こぢんまりとした旅籠である。控えていた番頭に尋ねたが、すぐにそんな男はいないと言われた。

仕方がないので、もう一軒の方へ行った。今度は通りを隔てた南森下町《みなみもりしたちよう》である。『伊勢屋《いせや》』という前よりはやや大きい旅籠があった。

「光達さまですね。ええ、お泊まりになっていました。ですが昨日、急にお立ちになりました」

「な、なんと」

せっかく辿り着きながら、一日の違いで宿を出てしまったのだった。かなり力が抜けた。

下腹の出た、浮腫《むく》んだ顔の四十年配の主人である。がっかりする三樹之助を、気の毒そうに見詰めた。

「何か、頼みたいことでもあったのですかな。あの方は、たいへん薬種に詳しい方でしたから、薬でももらいに見えたのですか」

向こうから、問いかけてきた。

光達は家々を回って祈禱をし、病人がいる家では薬を与えていた。なかなかよく効く薬だと、出入りをさせた家の者は言っていた。

「いや、そうではない。光達殿について、伺いたいことがあって参った。しかしそれほどに、薬種に詳しい御仁なのか」

「それはもう。よく効きましたな。私も腹の具合を悪くしましたが、あの方からもらった薬を飲みましたら、瞬く間に治りました」

「ほう。なぜ薬種について、それほどに詳しいのか」

「なんでも長年の諸国を巡る旅で、人を助けたり、ご自分が病んだりされた中で、身につけたそうで」

「するとつい最近、江戸へ出てきたのか」

「そうらしゅうございますな。当宿《うち》へおいでになる前は、芝に半月ほどいたということでした」

初めに伊勢屋へ顔を見せたのは、先月中頃だという。

いつも朝飯を済ますと出かけてゆき、日が暮れてから戻ってきた。おおむね晩飯も宿で済ませたが、外で酒を飲んで遅く帰ってくることもあった。

昨日の朝になって、いきなり宿を立つと伝えてきた。急の用事ができたと言ったという。

「金に困っている気配は、ありませんでしたな。宿賃は、心づけも含めてちゃんと頂戴していました」

信濃屋善右衛門が殺されたのは、一昨々日《さきおととい》のことである。その夜光達は、町木戸の閉まるぎりぎりの刻限に戻ってきたという。信濃屋の小僧や麓詮が殺された日は、いつ戻ってきたかはっきりとは覚えていなかった。すでに何日も前のことだ。

「誰か、訪ねてくることは、なかったのかね」

「ありました。あの方の薬はよく効きましたのでな、私が口利きをしてやりました。ですから近所の者が、何度かやって来ています。青物屋の女房や豆腐屋の隠居の爺さんなどですな」

「武家や大店の主人といった者が、訪ねて来たことはないか」

「さて、どうでしょうか。大店の主人といった方はありません」

少し考えてから、旅籠の主人は「ああ」と声を漏らした。

「一度だけありますな。背の高い二十七、八のお侍が訪ねてみえました。お旗本のお部屋住みといった気配の方でした」

「そうか」

兼松彦次郎だと思われた。崩れた酒樽の件以来、親交があったことになる。

「あの日、光達様は珍しく、昼過ぎにお戻りになりましてな。そうしたら間もなく、お武家様が訪ねておいでになりました。四半刻ほど部屋で話をされて、それから一緒に出て行かれました」

帰ってきたのは夜半で、武家の姿はなかった。

「それは、いつですかな」

「さあ、今月になって間のない頃ですな。そうそう、あの日は宿賃をいただいた日ですから、日付けが分かりますよ」

そう言って、一冊の綴《つづ》りを帳場から取ってきた。三樹之助の前で、指を舐めながら紙をめくった。

「ああ、これこれ。十月四日ですな」

「そうか。その日か」

三樹之助の声が、大きくなった。その日は、最初に信濃屋が湯島聖堂の裏手で襲われた日だった。

九

東の彼方に目をやると、青い空の下に浅草寺の五重塔が聳えて見えた。源兵衛は立ち止まって、ほんの少しの間眺め入った。屋根瓦《やねがわら》が日に輝いている。

東叡山から浅草寺に向かって歩くと、どこまでも寺ばかりの道が続く。ぽつんぽつんとたまにあるのは、鄙《ひな》びた門前町だけだ。

通り過ぎる人の姿も少ない。どこかから読経の声が聞こえてきた。

源兵衛は昼下がりの寺町を歩いて、東本願寺《ひがしほんがんじ》に程近い乗満寺《じようまんじ》という寺へ行った。

三樹之助とは、別の動きである。

手土産《てみやげ》に菓子折を持っていた。

訪ねた相手は日啓《にっけい》という住職である。殺された麓詮の妻女に、若い頃からもっとも親しかった知己《ちき》として名を挙げてもらった。同い年で、寛永寺で共に修行をした仲間だったとか。

麓詮が亡くなるまで訪ねあって、親交を深めていた。

源兵衛は山門に立つ。乗満寺は三千坪ほどの境内で、樹木の手入れは行き届いていた。

麓詮について話を聞きたいと言うと、すぐに奥へ通された。

「惜しいことをいたしました。あの者には、まだまだ生きていてほしかったですな」

日啓は座に着くと、真っ先に言った。僧侶としてではなく、幼馴染《おさななじ》みの友に対する無念の言葉だった。三月に一度くらいの割で酒を酌《く》み交《か》わし、身近な出来事や仏道についての話をしたという。

「では最後に会ったのは」

「亡くなる六日前のことでした」

日啓は、深いため息をついた。本堂の裏手にある庫裏《くり》の一室である。床の間には、深山の水墨画が掛けてあった。

若い僧侶が、香りのいい茶を運んできた。

「思い込むと一途《いちず》でしてな、不正を嫌う男でござった。上の者にも下の者にも、はっきりとした物言いをする。したがって、恨まれることもあったやもしれませぬな。ただ刃を向けられるほどのことがあったとは、驚きですな」

殺害の理由《わけ》が分からない、ということらしかった。

「寛永寺本堂の改修について、材木を納める店を決めるなどのお役目に関わっていたと聞きやしたが、それについては、何かおっしゃっていませんでしたか」

「それは言っていました。何十年に一度のことですからな、悔いのないものにしたいということでした。何しろ将軍家をお迎えして、法事を行う場の改修工事です。念には念を入れねばならないのでしょう」

「材木問屋の名を、挙げていましたか」

「さあ、言っていた気もしますがな。はて……」

はっきりとは覚えていないらしい。

「ただ各店のこれまでの仕事ぶりはよく調べていましてな。使いたくない店があると話していました」

「どのようなことですか」

「なんでも、値は他より低くても、質のよくない材木を納める店があるようでした。そういうところは、除いておきたいとの考えで」

「信頼が置けぬということですね」

「まあそうでしょうな。麓詮は、拙僧のように親父が住職で、そのまま己も仏門に入った者でございませんでな。手間取り大工の倅だったそうです。幼少の折に、火事で焼け出されたのでございますよ」

二親はもちろん、親類も亡くした。天涯孤独の身の上になったところで、町名主《ちようなぬし》が哀れんで、寛永寺に置いてもらえるように計らってくれた。

他に行き場のなかった子どもである。

「寺がなければ今の己はないと、いつも言っていました。だから厳しい修行にも耐えることができた。寛永寺には深い恩義を感じていたので、儲ければいい、御用達になれればいいという店を除きたかったのでありましょう」

「なるほど」

「妻子を持ったのは、天涯孤独の身の上が、やはり堪えがたかったのでござろう」

麓詮の気持ちが、源兵衛にも分かる気がした。身内がいることは、何よりも心を支える。

若い頃から好き勝手をしてきた源兵衛だが、今お久や二人の孫がいることが、まともに生きてゆく力になっている。それがなかったら、夢の湯はもちろん岡っ引きだって、やっていたかどうか分からない。酒浸りになっていただろう。

お久の小言を辛抱強く聞けるのは、そういう思いがあるからだ。

「ですからな、納めさせる材木は、値ではなく確かな品を入れることができる店にすると話していました。そうそう、その店の名を思い出しました」

「ほう。それは」

源兵衛は、身を乗り出した。

「信濃屋と、申していましたな」

やはりそうかと思った。請け負うに邪魔な麓詮と善右衛門を、何者かが頭巾の侍を使って斬り捨てたのである。

「なんでも近く、納入の店を決める話し合いがあると言うていました。その席で、麓詮は寺社方のそれなりの役にある方とで、信濃屋を推挙するということでした」

「寺社方ならば、お武家でございますね」

「それはそうであろう。どなたかは存ぜぬが」

源兵衛の頭に、閃《ひらめ》くものがあった。上野広小路の小商人で、王子の料理屋へ入る麓詮の姿を見かけたと言う者がいた。三樹之助と王子まで出かけて、商家の主人と武家の三人で会食をした事実を突き止めたのである。

その折の話題は、寛永寺本堂修復に関わる材木の納入についてではなかったのか。麓詮の他の二人が何者であったか、そのときは見当もつかなかった。しかし今は、信濃屋善右衛門と寺社奉行配下の重い役を担った武家であると、推量ができる。

唐突に、源兵衛の頭に何かがよぎった。

「そのお武家の名は、おっしゃっていませんでしたかい」

もし次に、頭巾の侍に襲われる者がいるとしたら、それは寺社方の侍ではないかと考えたのであった。

「さあ。覚えては、おりませせぬな」

日啓は首を横に振った。

第四章　寺社方

一

乗満寺の山門を出た源兵衛は、そこで立ち止まった。麓詮と信濃屋善右衛門の殺しについて、寛永寺本堂の改修工事の材木納入にまつわる流れの中で起こったのは、明らかだと考えた。

名乗りを上げた四つの材木問屋の中で、麓詮が推す信濃屋が第一の候補に上がっていたのも間違いない。となれば頭巾の侍に襲わせたのは、他の三つの店のうちのどれかということになる。

これらの店を洗うのが、探索の次の道筋であることは明らかだった。

「ただな」

源兵衛は気になっている。

綿密にこれまでの仕事ぶりを調べ上げた麓詮は、寺社奉行配下のそれなりの役職の者と共に、金儲けのために質を落とした品を納めた材木問屋を除こうとしていた。これを嫌がって麓詮や善右衛門を殺したのだとすれば、襲撃はこれで終わったとは考えられないのだった。

必ずもう一人狙われる。それが寺社奉行配下の要人である。

麓詮は今月に入ってすぐに、王子の料理屋で三人による会食を行っていた。源兵衛はその折の侍が寺社方の者だと推量するが、誰だかは分からない。ただこのまま手をこまねいているわけにはいかなかった。さらなる被害者を出してはならないからだ。

頭巾を被った長身の侍は、なかなかの手練である。三樹之助でさえ、湯島聖堂裏で闘って討ち取ることができなかった。寺社方の要人には、それなりの警固をつける必要があった。

そしてできることならば、襲撃の機会をとらえて、暗殺者の捕縛《ほばく》を図りたいところだった。

「一刻も早く、その侍に会わなくてはならねえ」

気持ちが声になって出た。こうしている間にも、襲われてしまうかもしれないのである。

では寺社方の要人を、どこへ行けば知ることができるのか。そこが問題だった。寛永寺へ行けば手っ取り早いことは明らかだ。けれども業者の選定をする者の名は、出向いてすぐに教えてもらえるとは思えなかった。

事は殺しに関わる。できないことではないが、町奉行を通して段取りを踏まなくてはならなかった。

源兵衛にしてみれば、そんな悠長《ゆうちょう》なことはしていられないのである。

「そうだ。あそこへ行こう」

思いついたのは、深川西平野町の信濃屋である。三人で会食をしたくらいの間柄なら、善右衛門の通夜や葬儀には、参列しているだろうと見当をつけた。

受付では、弔問客一人一人に名を書かせていた。人足などまとまってやって来た者はともかく、寺社方の要人ならば、名を控えているはずだった。

深川に向かった。

「これはこれは」

源兵衛の顔を見ると、店先にいた番頭が側へ寄ってきた。信濃屋はすでに商いを再開していた。

善右衛門には二十三歳になる跡取り、房太郎《ふさたろう》がいる。それに三人いる番頭や材木の職人頭もしっかりしているので、店がすぐにどうにかなってしまうことはなかった。

店の前の通りを隔てた船着場では、人足たちが材木を荷船に積み込んでいた。その掛け声が響いてくる。

「お世話になっております。どうぞ早く、下手人を捕えてくださいませ」

房太郎もやって来て、丁寧な挨拶をした。早く父親の無念を晴らしたいのだろう。

探索に当たっているのは、源兵衛だけではない。本所深川方の同心や土地の岡っ引きも当たっているが、手掛かりは得られていないのである。

「葬儀の折の、芳名帖《ほうめいちょう》を見せてもらえるかね」

源兵衛は早速本題に入った。

「お安い御用でございます」

番頭は頷くと、奥の部屋へ行って綴りを持ってきた。弔問に訪れた客の名は、この中にあると言う。親類、同業、近所の者など、故人との関係によって分けられていた。

武家の名を記した部分を、出してもらった。三十ほどの名が並んでいた。

「これまで納めさせていただいた、お家の方々が中心でございます」

番頭は言った。ただ大名家や大身旗本家では、重臣の代理の者が来ていることもあった。名の者がすべて、そのまま現れた者ではないと付け加えた。

「ではこの中で、寺社奉行様のご家臣の方は、おいでなさるかね」

「おいでになると思います」

綴りに目をやりながら、番頭は答えた。

「それを、教えてもらおうか」

「かしこまりました」

番頭は紙面を一渡り見回して、二つの名に指を当てた。

「こちらの方々です。旦那様とは、ご昵懇《じっこん》でした」

「寛永寺に関わる方ですかい」

「それは、わかりません。ご寺社の方ですから、それなりの関わりはおありかと存じますが」

詳しくは分からないということだった。ともあれ、その名を写し取った。ついでに役職も聞いた。

山下末之進《やましたすえのしん》という手留役《てどめやく》と浅見桐五郎《あさみきりごろう》という吟味物調役《ぎんみものしらべやく》である。

「その手留役と吟味物調役とは、どういうお役なんですかい」

源兵衛が尋ねると、番頭は説明してくれた。

町奉行や勘定奉行は旗本から選ばれるが、寺社奉行は万石の格をもつ大名から任命される。定員は四人で、五人のこともあった。月番を決めての勤務である。奉行所と呼ばれる特定の施設はなく、任命された大名の藩邸が寺社奉行所となった。

大名職なので、幕府直属の与力同心の配属はない。家臣を用いて職務の遂行を行った。名があがった二人は、共に寺社奉行松平和泉守《まつだいらいずみのかみ》の下で働いている者たちである。

手留役とは、寺社に関する御用留《ごようどめ》、賜暇《しか》、譴責《けんせき》の文書を作成する役である。奉行の片腕ともいえる役だ。側役や物頭といった藩内でも上士の者がなるそうな。

ただ善右衛門の葬儀には、自らは出席しておらず代理の者が来ていた。だがもう一人の浅見は、自ら足を運んできた。

「吟味物調役という役職は、役高こそ百五十俵と少ないですが、奉行所内では誰も無視することのできない権威を持っておりますな」

任命された大名が、寺社奉行という役に就くのは、せいぜいが三年から四年である。早ければ一年で交替する場合もあった。

その度に事務が中断される。また新たな者が役を務めるわけなので、万事に不慣れなことが多かった。そこでこの弊害《へいがい》をなくすために、評定所から留役という幕府直属の士を、奉行の代替わりに関わりなく継続して置くことになった。これが、吟味物調役である。

この役があるため、新任の寺社奉行でも、職務の運営が滞りなくできた。

「すると浅見様という方のお言葉は、なかなかに重いのでしょうな」

奉行所内で発言力がある人物については、たとえ寛永寺であっても、無視はできないはずである。

善右衛門がやり手の材木問屋だと、改めて知った気がした。七年前に寛永寺に釣鐘堂の材木を寄進し、その頃から麓詮や浅見と関わりを持っていたのだ。

乗満寺の日啓の話から察して、善右衛門は麓詮からの信用が厚かった模様である。長く関わりながら、小さな仕事を着実にこなしてきたということなのかもしれなかった。

王子の料理屋で会食した武家とは、浅見桐五郎に違いないと源兵衛は考えた。

「浅見様のお屋敷は、どこにあるんで」

番頭は帳場格子の内側へ行って、調べてきてくれた。

「神田お玉《たま》が池《いけ》のすぐ近くですな」

源兵衛はその足で向かうことにした。

お玉が池は、神田小泉町《こいずみちょう》や松枝町《まつえちょう》に隣接している。神田の町並みの中に武家地があった。小旗本や御家人の屋敷が並んでいた。

役高百五十俵という身分は、御目見《おめみ》えではない。御家人という身分だから、屋敷も二百五十坪ほどだった。長屋門ではなく、冠木門《かぶきもん》だ。

ただ近隣の屋敷よりは、門も屋敷も手入れがよいと感じた。

源兵衛は早速門扉を叩いた。日差しもだいぶ西に傾いていた。

現れたのは頰の赤い小女である。源兵衛は信濃屋殺害の件で、旦那様に会わせてほしいと伝えた。すると三十代後半とおぼしい武家女が現れた。浅見の妻女だった。

「夫は、まだ帰りませぬ」

「では、待たしちゃいただけねえでしょうか」

いつ頭巾の侍に襲われてもおかしくない人物である。奉行所まで迎えに行きたいくらいの気持ちだったが、顔を知らない。待たせてもらうしか手立てがなかった。

玄関先で待つことになった。

じっとしている時間は長かったが、待ったのは四半刻ばかりのことである。四十絡みの侍が、供を連れて帰ってきた。濃い眉をした四角張った顔、賢そうな目をした男だった。

「亡くなった麓詮様と信濃屋さんのことで伺いました」

そう伝えると、すぐに奥の部屋に通された。

浅見と向かい合った源兵衛は、ここまで辿り着いた経緯を説明した。日啓という僧から、寛永寺本堂の修復工事について聞いたこと、そして麓詮と善右衛門の殺害が、これに関わって起こったと考えていると伝えた。

「そうか。拙者も二人の悲報を耳にして、そうではないかと案じていたところであった」

他人事《ひとごと》だとは考えていない、真剣な眼差しだった。

「それでは王子の料理屋で会食をなすったのも、浅見様で」

「さよう。あの折、改修工事の材木納入について話をいたした」

「すると麓詮様が、何としても選定からはずしたいと考えておいでだった材木問屋もご存じでございますね」

「うむ。聞いておる」

「あっしはそいつが、麓詮様と信濃屋さんを頭巾の侍に襲わせたと踏んでいやす」

源兵衛は、はっきりと言った。

「証拠はあるのか」

浅見は、強い眼差しを向けてくる。源兵衛はそれを見詰め返した。

「ありやせん。ですが分かったことを重ねてゆくと、それ以外は考えられないのでございます」

「そうか」

ふうと、浅見は息を吐いた。数呼吸ほどの間思案するふうを見せたが、とうとう口を開いた。

「麓詮殿が除きたいとしていた材木問屋は、但馬屋欽兵衛という者だ。あの男は、話が決まったあとで、材木の質を落としたことがある」

「では浅見様も、そうお考えなのでございましょうか」

「そうだ。拙者も信濃屋でよいと考えていた。但馬屋は、使うわけにはいかぬ」

はっきりとした物言いである。

「浅見様や麓詮様がそういうお考えだと、但馬屋が気付くことはできたのでございましょうか」

知らなければ、但馬屋は襲撃をしなかったはずだ。

「寛永寺のごく一部の高僧ならば、麓詮殿から耳打ちをされているであろう。何らかの手立てを使ってその者に近づき、聞き出すことができないとはいえぬ」

「分かりやした。だとすると浅見様も、狙われることになりますね」

源兵衛が言うと、浅見は頷いた。

「材木を納入する店を決めるのは、明後日だ。これは麓詮殿が亡くなっても変わらぬ」

「すると襲ってくるのは、明日ですね。奉行所への道中でしょうか」

「いや、それはない。明日と明後日は非番だ。屋敷からは出ないようにいたそう」

「ええ、ぜひともそうしてくだせえ」

源兵衛は、手先の者を周辺につけると伝えて、浅見屋敷をあとにした。あたりはすっかり暗くなっている。まん丸に近い月が、空に上がっていた。

二

「今日は、但馬屋を洗いやす。やつは必ず、何らかの動きをするはずですからね」

朝湯の客を入れると、源兵衛はそう言って夢の湯を出て行った。

三樹之助は昨夜の内に、祈禱師光達や兼松彦次郎のことを伝えている。源兵衛からは、浅見や但馬屋についての話を聞いていた。

いよいよ明日、寛永寺への材木納入の店が決まる。このままで済むはずがないとは、どちらも考えていることだった。

今日は三樹之助も、一刻ほど釜焚きをしたら、夢の湯を出させてもらうことになっている。すでにお久や五平には断りを入れていた。

彦次郎の動きを探るつもりだった。

麓詮や善右衛門を斬殺したのは、状況から考えると彦次郎だが、金だけのためではやらないだろうと考えていた。治る見込みのない重病の兄がいて、このままならば家督を継げるのである。

それなのになぜ、恨みもない人を斬るという無謀なことをするのか。祈禱師光達に引き込まれたのだとしても、金ではない何かを求めているから危ない橋を渡っていると考えるのである。

いったい何があるのか。そこのところが、まったく分かっていなかった。

どうであれ斬殺を行ったのが彦次郎だと、はっきりすればそれでいいとは感じていない。それは自分が、彦次郎と同じ旗本家の次男坊であることが影響している。

いったい彦次郎を動かしているものは何か。釜場で薪をくべながら、そればかりを考えていた。

「志保さまが来たよ。三樹之助さまに会いたいって」

冬太郎が知らせに来た。女湯の板の間にいるという。

「そうか」

由吉に釜焚きを替わってもらって、女湯の板の間へ行った。昼前の女湯は空いている。隠居の婆さんか、囲われ者くらいしかやって来なかった。女房連中は、掃除や洗濯などで忙しいのだ。

昨日兄の一学がやって来た。酒井屋敷に招かれていることを伝えて寄越したが、そのことで志保は出向いて来たのか。

どうすると問われたら、まだ腹は決まっていない。気持ちが重かった。

また小笠原正親のしでかした不祥事について、その後どうなったか落ちつかない思いで過ごしていた。親類の酒井家ならば、その後の調べの詳細も分かっているのではないかと察しられたが、それを真っ先に訊くわけにはいかない。

出かかった問いかけの言葉を、三樹之助は呑み込んだ。

向かい合った志保とお半は、湯に入る支度をしていなかった。夢の湯には留桶といって二人専用の桶も置いてあるが、持ち出されてはいない。

板の間に出てまず三樹之助が目をやったのは、志保の顔である。先日は赤く腫れていたが、その後どうなったか、気になっていた。だが腫れは、見事に引いていた。いつもの整った美貌である。

志保もこちらを見ていて目が合った。小さく頷くと、整った顔に安堵の気配が浮かんだ。

しかし三樹之助が声をかけたのは、違う相手だった。

「お半殿、もう風邪の具合はよろしいのか」

お半の顔を見詰めている。祈禱師を捜しに深川へ出かけたとき、本当ならばお半も同道するはずだった。ところが風邪を引いて来られなかったのである。

三樹之助はそのことが頭にあって言ったのだが、実はそれだけではない。お半は気のいいところもあるが、しぶとくて底意地の悪い一面もあった。そこで真っ先に声をかけたのだ。

これまでの付き合いで、学んだことである。

「はいはい、もうすっかりよくなりました」

案の定、お半は上機嫌で返事をした。お半の体の中では、風邪の病も長居はできまいと考えたが、もちろんそれは口に出さない。笑顔で頷いただけである。

「それはなにより」

二言三言話したところで、志保が口を挟んだ。

「ところであの祈禱師の一件は、どうなりましたか」

訪ねてきた用件はこれだったらしいと知って、三樹之助はいくぶんほっとした。板の間に備え付けてある縁台に腰を下ろさせて、これまでに分かったことについて三樹之助は逐一話した。彦次郎について、疑問に感じていることも含めている。

祈禱師の住まいが分かったのはお半のお陰だし、志保はゴロツキどもに攫われかけるという災難に遭っていた。尋ねられれば、伝えなくてはならない相手だった。

「なるほど。それで三樹之助さまは、兼松彦次郎なる者について、さらに詳しいことを知りたいのですね」

「そうです」

志保の問いに、三樹之助は答えた。

「たいそう似たご身分ですから、気にもなるのでございますね」

あっさりと言われた。いつものつんとした顔つきである。にこりともしなかった。しかしこちらの心情を、言い当てていたのは確かだった。眼力のある姫だと思った。

「ならば、そのあたりを調べてみようではありませんか」

志保は三樹之助を見詰めている。当然のことだが、どうやってそれができるか、思案が浮かばないでいたのである。

「残念ながら、手立てが浮かびません」

悔しいが、正直に言うしかなかった。

「どうなるかは分かりませぬが、思い当たるところが一つだけあります」

「どちらですか」

酒井家の一人娘だけあって、志保は旗本家には顔が広い。それでこれまでにも助けてもらったことがあった。

「兼松家は、家禄八百石でしたね。お旗本を監察するのは、お目付《めつけ》の仕事です。そのお役目の方に尋ねてはいかがでしょうか」

志保の言うとおり、旗本の監察糾弾《かんさつきゆうだん》をするのがお目付の役目である。旗本家の内情には詳しいはずであった。

「そういう方を、ご存じなのですね」

「はい。縁戚に櫻井《さくらい》元太夫《げんだゆう》さまという方があります。当番目付をなさっていますので、あるいは兼松家について、何かお耳に入っているやもしれません」

当番目付とは、目付衆の中では上席である。殿中《でんちゆう》内外の一切を支配するので、旗本家の消息には精通している。

「その方に、お目にかかれるのでしょうか」

「非番でお屋敷にいらっしゃるならば、これからでもお目にかかれると思います」

志保は、案内をしようと言ってくれているらしかった。

「では、お連れくださいうかがえるのならば、少しでも早い方がありがたい」

これは三樹之助の本音だった。

「参りましょう」

お半を含めた三人で、夢の湯を出た。もちろん旗本の屋敷を訪ねるのだから、三樹之助は釜焚きの姿から衣服を改めている。

櫻井の屋敷は、駿河台《するがだい》にあった。湯島からはほど近い場所である。

お目付は、千石高の役職である。間口は三十間ほどあって、敷地は千坪あるかと思われる広さだった。門番所付の長屋門だ。

屋敷の門番に、訪《おとな》いを伝えたのはお半だった。しばらく待たされたが、門扉は内側から開かれた。当主元太夫は屋敷にいた。

これから出かけるので、話は短くという条件をつけられた。話を聞けるのならば、もちろん不満はない。

櫻井元太夫は、腹のでっぷりと出た五十半ばの男だった。腕も太いが首も太い。床の間を背にして座った。

「父上は達者か」

「はい。近いうちに一献《いっこん》交わしたいと申しておりました」

短い世間話をしてから、志保の斜め後ろに座っている三樹之助に顔を向けた。一つだけ尋ねたいことがあると申し出ている。

「西丸裏門番頭の、兼松与左衛門様をご存じでしょうか」

両手をついたまま、顔だけ上げて声を出した。

「存じておる」

慎重な物言いだった。

「兼松家においては、跡取りの与一郎様が重い病の床についていると聞いております。この他に、何か変わったことが起こっているのでございましょうか」

もし起こっているならば、彦次郎にとっても大いに関わりがあると考えていた。

「病の他には、何も聞いてはおらぬな」

「まことでございますか」

「そうだ。ただ跡取りの病は、近頃持ち直したと聞いているが」

三樹之助は、はっと息を呑んだ。

これは目付役にとっては、さしたる出来事ではない。しかし彦次郎にとっては、大問題だったはずである。目の前に見えた兼松家の跡取りの座が、一気に遠ざかったのだ。

彦次郎には、殺しという危ない橋を渡る動機がない。そう考えていたことが、覆《くつがえ》ってしまった。

「ありがとうございます」

三樹之助は平伏《へいふく》した。これだけ聞けば、充分だった。

「よし」

櫻井は部屋から出て行った。

三

櫻井屋敷にいたのは、四半刻にも満たない間だった。けれども知りえたことは大きかった。

三樹之助と志保、お半の三人は、小春日和の武家地の道を歩いた。

「彦次郎どのは、何かの見返りを祈禱師に求めていますね」

初めに口を開いたのは志保だった。麓詮や善右衛門を斬殺したのは、やはり彦次郎だと感じている気配だった。三樹之助にしても、そうでないとはいえなかった。

「跡取りの病が快癒しないように、祈ってもらっているのでしょうか」

「祈禱をしてもらうだけのために、何人もの人を殺すとは思えませんね。彦次郎どのは、もっと確かなものを、祈禱師から得ようとしているはずです」

志保は確信を持った言い方をしている。三樹之助も同感だった。

彦次郎が通う伊庭道場の門弟は、兄与一郎との仲は芳《かんば》しくなかったのではないかと言った。また兼松屋敷近くの辻番の老人は、二人が一緒に歩いている姿を見たことがないとも話していた。

三樹之助の場合は、兄一学が自分を可愛がってくれた。武家の跡取りと次三男の差は歴然としている。もちろん大曽根家でもそうだったが、一学はその垣根を越えて接してくれた。

だがどこの家でも、兄弟仲がいいとは限らなかった。

次三男は、兄に対する羨望《せんぼう》と身の置き場のない我が身への屈託を抱えている。それは物心がついたときからだ。

そして歳月が過ぎ、大人になる。彦次郎は二十七歳となった。

次々に婿の口が絶たれ、焦りの中に身を置いていたとき、兄の病が明日をも知れぬ重いものになった。跡取りの座が転がり込んでくると考えたところでの、快復である。

そして祈禱師光達と出会った。

光達は彦次郎のために何をするのか。祈禱ではなく金でもないもの……。

「あっ」

三樹之助は一つだけ思い当たった。

「何か浮かびましたね」

志保が今日初めて、口元に笑みを浮かべた。大人が子どものしたことを褒《ほ》めるときのような気配を感じて、少しむっとなったが、その気持ちを抑えて三樹之助が言った。

「祈禱師の光達は、薬草に詳しいのです。町を回って祈禱を行い、病の者がいる家には薬種を与えました」

あのときは志保と共に、光達をつけたのである。薬種を与えたことを知ったのは、志保と別れたあとだったが。

「なるほど、そういうことがあったのですね」

賢そうな整った顔をやや斜めにして、考えるふうを見せてから、志保は続けた。

「薬草に詳しいならば、毒草にも精通しているでしょうね」

「そ、そういうことになりますね」

お半が声をあげた。団栗《どんぐり》まなこになっていた。三樹之助の考えも志保のそれと重なっている。

「光達が与えたよく効く薬は、腹の痛みを抑える薬だと言っていました」

「どのような薬なのか、詳しく知りたいですね」

三樹之助の言葉を、志保が受けた。

巷《ちまた》に流れている売薬は、即効性のあるものは少ない。だが光達の薬は、そうではなかった。深川の旅籠には、効きめがよいと言ってすぐに人が訪ねてきた。

「ならば、どのような薬なのか、調べてみてはいかがでしょう。与えられた家に、まだ残っている薬があるのではございませぬか」

お半の提案である。

「違いない。その薬を、山本宗洪どのに調べてもらえばよいのです」

志保が二つ返事で賛同した。

宗洪とは、冬太郎が高熱を発したときに、命を助けてくれた御殿医である。高慢で高額な治療費を取られたが、医術には秀でていた。薬種の知識も、ずばぬけている。

「では、さっそく回ってみましょう」

女二人だけで、決めてしまった。

「ぼやぼやしていては、なりませぬぞ」

三樹之助は久々に、お半に気合を入れられた。三人は、神田の町並に入った。

光達が立ち寄った店や家は分かっている。自然と足早になった。まず行ったのは、浜町河岸にある古着屋である。

ここで光達は中に上がり、祈禱を行った。三樹之助は前に、ここの女房から話を聞いている。姑が癪痛病みで、薬を求めた。小袋一つで、五匁銀二つだと言っていた。ほんの五、六日前のことだ。

店の中を覗くと、見覚えのある三十がらみの女房が店番をしている。色とりどりの古着が並んでいた。

「あいにくですねえ。それがもう、なくなっちまったんですよ」

お愛想程度に申し訳ないという顔をして言った。近所にも癪痛病みがいて分けてしまったのだそうな。

「じきにまた来ると思っていたんですけど、あれきり姿を見せないんです」

これは不満そうな口ぶりだった。

仕方がないので、次は裏道に入ったしもた屋へ行った。だがここにも薬はなかった。

光達は姿を見せていなかった。

「薬を飲むのをやめると、じきに痛みがぶり返してきましてね。困っています」

顔を見せた女房はそう言った。

三軒目は下駄屋である。表通りの店だが、繁盛をしているとは見えなかった。店先に並べられた下駄の鼻緒《はなお》が、どこか色褪《いろあ》せている。

「ああ、残っていますよ。ほんの少しですがね」

「それを、いただけまいか」

「いや、それはできません。女房に飲ませなくちゃなりません。ありゃあ、よく効きますから」

ここにも光達は、あれから姿を見せていなかった。

「なんとかならぬか」

三樹之助は頭を下げた。三軒目で、ようやくあったのである。

「すみませんね、他へ行ってくださいまし」

そこへ背後にいたお半が、前に出た。手に二朱銀二枚を持っていた。四分の一両である。

「これでいかがですか。これだけあれば、薬種屋でもっと確かな薬を買えますよ」

上がり框に置いた。妙に優しい声だった。

「仕方がありませんな」

金に目をやった主人は、奥へ薬を取りに行った。

「どうぞ」

手渡された薬は、小袋にほんの少し残っているだけだった。けれども贅沢《ぜいたく》は言っていられない。

「参りましょう」

志保が先頭に立って歩いた。御殿医山本宗洪の屋敷は牛込若宮町である。千代田《ちよだ》の城の向こう側だった。

神田川に出て、そこから猪牙舟《ちょきぶね》に乗った。勢いをつけて、三人を乗せた舟は西へ向かった。昌平橋《しょうへいばし》を過ぎるあたりから、両岸はしばらく切り立った崖になる。冷たい川風が、吹き抜けていった。

舟を降りたのは、牛込御門手前の神楽河岸にある船着場である。船賃はお半が払った。

ここからならば、神楽坂を上ってすぐである。歩いているうちに、宗洪の三階建ての屋敷が見えてきた。若宮八幡の裏手にあたる。

二度と来ることもあるまいと思っていた屋敷だが、三樹之助はまた来てしまった。

四

宗洪は屋敷にいたが、患者を診ていた。押しのけるわけにはいかないので、半刻ほど待たされた。

患者が帰ったあと、志保とお半は三樹之助を伴って宗洪の部屋に押しかけた。

「おや、またでございますか」

露骨に嫌な顔をしたが、追い返したりはしなかった。

部屋に入ると、ぷんと薬草のにおいが鼻を衝いてきた。十畳ほどの板の間である。引き出しのたくさんある棚や、薬を入れるらしい白い小壺が並んでいた。その脇には、たくさんの書物が整頓されて積んであった。医薬書だと推量した。床には薬研《やげん》が置いてあり、刻んだ薬のようなものが入ったままになっていた。

「これは癪痛に効くと聞きましたが、どのような薬なのか、詳しく教えていただきたいのです」

三樹之助は、簡単な挨拶をしただけでそう告げた。

「少々お待ちいただきましょう」

宗洪は、文机に向かって書き物をしていた。それを済ませてからにしろ、ということらしかった。

三人は腰を下ろして、用事が済むのを待った。さすがに志保もお半も、異を唱えることはなかった。こちらは頼む立場である。

見るともなく目に入った文字は、なかなかの達筆だった。

「ほう、これですか」

小袋を手に取ったときは、いかにも面倒だという気配だった。しぶしぶといった様子で、薬を白紙の上にまいた。

宗洪はその薬を見詰めた。すぐにその眼差しが真剣になった。何も言わぬまま、顔を近づけたり離したりした。そして欠片《かけら》を手に取って裏側を見た。指で潰して、一部を口に含んだ。

舌の感覚を確かめてから、再び全体を見詰めた。

「これは、『附子《ぶし》』ですな。鎮痛や強心、利尿に使われますが、たいへんよくできていますぞ」

「癪痛にもよく効きますね」

「さよう。だが微妙に意味合いが違うな」

「どういうことですか」

「癪の病を治すのではなく、痛みを止めているのだ」

問いかけた三樹之助に顔を向けて、宗洪は言った。

「これはどういう草からできているのですか」

そう聞いたのは志保である。薬から目を離さない。

「草ではないな。ヤマトリカブトの塊根《かいこん》から作られたものだ」

「トリカブトとは、猛毒ではありませぬか」

志保は顔を上げた。三樹之助も、そのくらいのことは知っている。

「うむ。金鳳花《きんぽうげ》の仲間でな、山の沢筋などで見かける。夏から秋にかけて紫色の花が開く。花は兜状《かぶとじよう》になっていて、この名がついたのだな。猛毒だが、使いようによっては効き目のある薬になる。塊根に手を加えて減毒したものを『附子』と呼ぶのだ」

「人を死なすことなく、痛みだけを殺すわけですな」

「そうだが、この薬は誰でもが容易《たやす》く作れるものではない。わずかでも手違いがあれば、鎮痛どころか瞬く間にあの世へ行くことになる」

「この『附子』なる薬を作ったのは、諸国を巡り歩いた祈禱師です。山国などへも、足を踏み入れたのだと思います」

「すると塊根を風乾《ふうかん》したものを持ち、そこから拵《こしら》えたわけだな」

「ならば祈禱師は、猛毒を自在に操れるということですね」

三樹之助の声が、微かにうわずった。兼松彦次郎は、トリカブトを使って兄与一郎を亡き者にしようと考えたのではないか。刃物を使わず首を絞めることもしないで、死に至らしめることができるのである。同居の弟ならば、密かに食事に混ぜることもできそうだ。

刺客《しかく》になる動機が、見えた気がした。志保がこちらに目を向けている。同じ考えだと分かった。

「お世話になりました」

三樹之助は宗洪に礼を言った。お陰で大きな手掛かりを得られたのである。

「いやいや、たいしたことではござらぬ」

あっさりした返答だった。また高額の鑑定料を取られるのかと怖れたが、そういうことは言わなかった。自分は貧乏性だと三樹之助は思った。宗洪という御殿医は、それほど阿漕な男ではないのかもしれなかった。

「これで一歩、前に進みましたな」

屋敷を出たところで、志保は言った。また助けられてしまった。

「ここでご無礼をいたします」

屋敷へ帰るのである。二人とも、こういうときは淡白だ。余計なことは言わないで去って行く。

だが酒井家では、三樹之助と父左近を屋敷に招いていた。志保の琴を聞かせ、共に茶の湯を楽しもうという話になっている。そのことには一言も触れずに去ってゆくのか。

まさかそれを、知らないわけはないと思った。

三樹之助は初めは知らぬふりをするつもりだった。けれども考えが変わった。このまま帰してしまって、しかも気にしていながら訪ねないとなったら、男として卑怯《ひきょう》ではないかという気がしたのである。

志保は今でも高慢だし、愛想笑いの一つもしない。嘲笑われていると感じることさえなくはないが、出会ったばかりの頃とは明らかに違っていた。

今日もわざわざ夢の湯へ訪ねてきたのには、こちらの抱えている懸案について、関心を持っていてくれたからに他ならない。また御殿医宗洪の屋敷にまで付き合ってくれたのは、他でもない三樹之助のためだ。

いくら朴念仁《ぼくねんじん》でも、それくらいのことは分かる。

「ま、待たれよ」

その後ろ姿を見ながら、三樹之助は声をかけた。気になっていたが、薬種のことで忘れかけていた。

どうしたものかと迷う気持ちはあったが、やはりはっきりさせたいと感じた。

「何でしょうか」

志保が振り返った。三樹之助は歩み寄った。

「私は、父と共に酒井家に招かれた。あなたはそれをご存じか」

一気に言った。自分の顔が、多少強張っているのが分かった。縁談に関わる内容について、直に口にするのは初めてである。

志保は三樹之助を見詰め返し、頷いた。

「承知しております。わたしが父にお願いをいたしました」

「なぜでござる」

言ってしまってから、この問いがいかにも無礼なのに気がついた。しかし口をついて出てしまった以上は、どうすることもできなかった。

すると驚いたことに、志保の顔に微かな恥じらいが浮かんだ。

「あなたさまに、わたしの琴を聞いていただきたいからです。そのための稽古を、今でもしています」

あっと思って、腹の底が熱くなった。とっさには何の言葉も出なかった。

けれどもすぐに、志保の顔から恥じらいが消えた。

気丈な眼差しが向けられた。ただそれは、いつものこちらを見る目とは異なっていた。どこかに不安が潜んでいる。

「美乃里さまのことがお忘れになれないのならば、いたしかたありませぬが」

今度は心の臓がどきんとした。前に美乃里について、話をしたことがあった。それを覚えていたのである。

「いや、伺おう。あなたの琴を聞かせていただきたい」

いつの間にか、そう言っていた。けれども、とんでもないことを言ってしまったという気持ちはなかった。

「ありがとうございます。お越しいただくのを、お待ちいたします」

日にちは、大曽根家と打ち合わせると志保は言った。数日のうちになるだろうと付け加えた。

「それではこれで」

きりとした眼差しのまま頭を下げた。立ち去って行く。

お半は離れたところに立っていて、一言も口出しをしなかった。いつもとは違う、丁寧な辞儀をした。

三樹之助は見えなくなるまで、後ろ姿を見送った。神無月の冷たい風が吹き抜けたが、寒くはなかった。

小笠原正親について尋ねようと思っていたが、最後までできなかった。志保もまったく触れなかった。

五

源兵衛は、深川吉永町《よしながちょう》にいた。木置き場と仙台堀に挟まれた町である。材木問屋の他には商家などない。しもた屋があるだけの町だ。

ここには、但馬屋欽兵衛の店がある。木置き場を含めて、敷地はかなり広かった。新興の材木屋だが、商いの量は年毎に伸びていた。大店といって差し支えのない規模になっている。

欽兵衛は四十二歳、一見は材木問屋というよりも呉服屋か小間物屋が似合いそうな優男である。しかし商いをするときの目は、猛禽《もうきん》のようだと多くの人が言った。材木の仲買《なかがい》から、一代で築き上げた店である。

源兵衛はこの男の顔は、信濃屋善右衛門の通夜で見たことがあった。

朝から近隣の材木問屋やそこで働く職人、人足らに話を聞いている。商いのためにはなりふり構わない商人で、評判がよいわけではなかった。だがだからこそ店を大きくすることができたというのが、あらかたの評価だった。

ただこの近辺で、祈禱師光達や彦次郎とおぼしい長身の侍の姿を見かけた者は一人もいなかった。もちろん但馬屋の職人や小僧などに尋ねても同じである。

どう探っても、光達と彦次郎に繫がらなかった。

いつの間にか昼飯時になっている。船着場に、握り飯や煮つけ、漬物、味噌汁などを載せた小舟がやって来た。味噌汁は七輪《しちりん》で温めているので、湯気が出ていた。

このあたりには一膳飯屋などないので、職人や人足が集まってくる。弁当を持たない独り者が、ここで買ってゆくのである。初老の瘦せた親仁《おやじ》と、その娘らしい三十代の女が手際よく商いをしていた。

「おれも握り飯と漬物をもらおうか」

職人や人足たちが一通り買い物を済ませたところで、源兵衛も声をかけた。握り飯や煮物など、まだずいぶん残っている。

「はい。どうぞ」

女が竹皮に包んで品物をくれた。梅干の入った塩結びと、蕪《かぶ》の糠漬《ぬかづけ》である。二十一文を払った。

「品がまだだいぶ残っているが、他でも売るのか」

源兵衛は問いかけた。早速食べ始めている。湯屋の朝飯は早いから、そろそろ腹の虫が騒ぎ出していた。

「はい。仙台堀を少しずつ西へ大川まで向かいます。職人衆や人足方が待っていてくれます」

女は笑顔で答えた。毎日のことだという。日に当たるせいか、顔は浅黒い。それなりの商売になるらしかった。仙台堀の河岸には、材木問屋だけでなくたくさんの問屋などが並んでいる。

「それでは、川筋のことは何でもお見通しだな」

「まあそうですね。買うことのないお店の旦那や番頭さんの顔だって分かりますよ」

自慢そうに言った。低い鼻が、ほんの少し膨らんでいる。

「ではこの辺で、兜巾を被り直垂姿の祈禱師の姿を見かけたことはないか」

源兵衛はとりあえず聞いてみた。

「どうですかね」

女は、親仁と顔を見合わせた。そろそろ次の船着場へ移る気配である。並べていた品を片付け始めていた。

「さあ、このあたりじゃ見かけないね」

親仁の方が答えた。気になる言い方だった。

「他では、見かけたわけだな」

「白小袖に直垂を重ねた姿で背中に四角い箱のような笈を背負った祈禱師は、たまには町を歩いていますからね。つい昨日も見かけましたよ」

「それはどこでだ。深川でかね」

「ええ。佐賀町《さがちょう》ですよ」

仙台堀は大川に流れ出る。その河口にある町だった。

「あそこには、但馬屋さんの寮がある。そこに入って行きましたぜ」

「なんだと。但馬屋の寮だと。どうしてそんなことを知っているのだ」

これは初耳だった。店の番頭手代はもちろん、職人や人足も但馬屋に寮があるなどとは話していなかった。

親仁は源兵衛の剣幕に驚いた様子だった。

「く、詳しいことは知らねえさ。寮じゃなければ、そこで女を囲っているのかもしれねえ。ただそこに旦那が入って行くのを、何度か見ただけだ」

親仁の家は佐賀町の裏長屋で、商いの舟は大川の河岸にある船着場に止めていた。そこから家が、遠くはない距離に見えるのだという。

但馬屋や祈禱師が入った家は、小さな船着場がついている。そこから入る姿を見たのだ。

妾宅《しょうたく》ならば、あえて人には伝えないはずである。奉公人たちの中では、噂にもなっていなかった。

「そうか。そこで会っていやがったのか」

源兵衛は呟いた。手にあった握り飯を、急いで喉に押し込んだ。家に入っていった祈禱師は光達だと、信じて疑わない。

食い物を売る小舟は、船着場を去って行った。源兵衛も船着場から出て、河岸の道を大川に向かって歩き始めた。おのずと足早になっていた。

佐賀町は、仙台堀から永代橋にかけて南北にまたがって町がある。食い物屋の親仁は、北側の大川に面したあたりで、黒板塀《くろいたべい》に見越しの松が見える建物だと言った。

行ってみると、それと分かる瀟洒《しょうしゃ》な住まいがあった。百坪ほどの敷地で、大川が一望に見渡せた。永代橋の向こうは、海に連なっている。

なるほど大店の隠居所か妾宅といった風情だった。

外側から見ただけでは、誰の住まいかは分からない。

表通りだから人通りは少なくなかった。通りかかった振り売りや商家の奉公人に尋ねたが、誰の住まいか分かる者はいなかった。仕方がないので、町の自身番へ行った。

源兵衛は十手を見せて、御用の筋で聞いているのだと伝えた。詰めていた四十半ばの書役は、初めは渋っていたが口を開いた。口外するなと、銭でももらっていたのかもしれない。

「あれは材木を商う但馬屋さんの持ち物ですな。お沢《さわ》という二十二歳の女が、暮らしています」

一年近く前に建てられて、十四になる手伝いの小女が同居している。但馬屋欽兵衛が、折々通っているということだった。

「祈禱師が訪ねているそうだが」

書役は、そのことは知らないらしかった。

源兵衛は、妾宅から一番近い酒屋へ行った。店先にいた番頭に問いかけた。

「ええ。あそこへは、うちが品を入れさせてもらっています」

そういう返事だった。

「近頃、その量が増えてはいねえかい」

光達や彦次郎が出入りしているならば、そうなるだろうと考えた。

「そう言われれば、そうですね。一昨日、四斗樽を届けました。半月ほど前に届けたばかりで、なくなるのが早いですね。お酒好きな方が、逗留なさっているのかもしれません」

予想した通りだった。妾宅では、上物の下り酒を四斗樽で買っている。

源兵衛は、もう一度妾宅の前に戻った。裏側の土手にも行った。板塀なので、どちらも中を覗くことはできなかった。話し声や物音は聞こえなかった。

ただ船着場には、小舟が一艘《いっそう》停めてあった。

源兵衛はやや離れたところから、この家を見張ることにした。光達や彦次郎らしい人物が、出入りするかもしれない。

一刻以上、なにも起こらなかった。黒板塀の前を、人が行き過ぎただけである。見張りをしていれば、その程度は珍しくない。四日も五日も、何の変化もない住まいを見張った。そんなことは、何度もあった。

戸が内側から開かれた。頬の赤い小娘が、通りに出てきたのが見えた。使いにでも行くらしかった。

源兵衛はあとをつけた。小娘は油堀を南に渡って、永代橋の方向に歩いてゆく。しばらく歩いたところで、うしろから声をかけた。小女は、びくっとした様子で振り向いた。

胡散臭いものを見る目つきで、見返している。源兵衛は近づくと、手に四文銭を二枚握らせた。腰には十手を差している。小娘がそれに目をやったのが分かった。

「おめえに迷惑がかかることはしねえ。だから聞いたことには、ちゃんと答えなくてはいけねえぜ」

そう言うと、小娘は微かに頷いた。

「家に、祈禱師が来ているな。何という名で、いつから来ているのだ」

「光達さまです。前に何度か来ましたが、この半月ほどは泊まっておいでです」

「そうかい」

これで決まったと思った。但馬屋欽兵衛が、光達と彦次郎を使って殺害させたのである。

「では背の高い侍も、訪ねてきたことがあるな」

「はい。光達さまが、連れておいでになりました。兼松さまといいました」

「二人とも、今は家にいるのかい」

「いえ。光達さまだけです。でもお客さまが来るということでした」

小娘からは、それだけ聞けば充分だった。行っていいと言うと、小女はほっとした顔で立ち去っていった。

六

志保とお半を見送った三樹之助は、下谷七軒町の兼松屋敷へ向かった。やはり彦次郎のことが気になった。今日か明日、浅見桐五郎を襲うに違いない。

浅見の動きは、おそらく光達か但馬屋あたりが探っているはずである。今日は屋敷にいると分かっているなら、襲うのは明日かもしれないが、はっきりしたことは不明だ。

彦次郎は光達からすでに、ヤマトリカブトの塊根なりを手に入れているのか。いるならば屋敷にも変化が起こっているはずだった。

「おや、どうしたね」

辻番に入って行くと、馴染みになった爺さんが言った。

もともと辻番は防犯のために屈強な若い者が詰めていたが、給金が安いので人が集まらなくなった。今ではどこへいっても、年寄りばかりが目に付くようになった。

退屈していたのか、邪魔扱いはしなかった。

「兼松家に、何か異変は起こっていませんか」

三樹之助はさっそく聞いてみる。居眠りでもしていたのならば、彦次郎の動きを見過ごしている可能性は大きい。しかし跡取りの与一郎に何かあれば、屋敷に動きがあるはずだった。

「いや何も起こってはいませんよ。平穏無事で」

大きなあくびをしながら応えた。

「彦次郎殿は、屋敷を出られましたか」

「出てゆくのを、見てはおらぬな」

あてにはならないが、一応聞いておいた。

三樹之助は昼飯代わりに、ここまで来る途中で蒸《ふ》かし芋《いも》を買ってきていた。懐に入れていたのでまだ温かい。爺さんにも分けてやるつもりで、多めに買った。

「これはありがたい」

差し出すと、相好《そうごう》を崩した。さっそく出涸《でが》らしの茶を淹れてくれた。二人で食べ始める。

「そういえばあれから、兼松家の兄弟について、思い出したことがある。何年も前のことだがな」

老人はほくほくの芋を齧《かじ》りながら言った。なぜ三樹之助が兼松家を探っているのか、そういうことには関心がない。前には何文かの銭をやった。そして今日は蒸かし芋である。それだけで満足らしかった。

「それで何があったのですか」

「わしがここに詰めるようになって間際のことだな」

老人が辻番になったのは、十年くらい前からだと言っていた。兄弟が十代の頃の話だ。

「あの兄弟、二人で歩いていたことがあった。初めは若殿が、供を連れて歩いているのかと思った」

そう見えたのは、身につけているものがまるで違ったからである。跡取りは絹物だが、八百石の家でも次三男は木綿《もめん》だった。三樹之助ならば事情は分かるが、老人は見た目だけで判断をしたのであろう。

兄弟だと分かったのは、背の高い方が「兄上」と呼んだからだという。

「初めからおかしな気配だったな。今よりも寒い頃でな。雨が降っていた。どちらも傘を差していたが、兄の方がしきりに何か怒鳴りつけていた」

弟の方が何か言い返した。それで兄の方が、さらに怒りを増したらしい。いきなり太腿《ふともも》を蹴った。

かなり力が入っていたらしく、弟の体はぐらついた。前のめりになった腹を、さらに蹴り上げられた。弟はたまらず泥濘の中に倒れ込んだ。傘は素っ飛んでいた。

「何があったのか知らないが、それでもまだ何度か蹴り続けたな。弟の方は、何か言っていたが、されるがままだった。雨だったからな、さながら泥に埋まったモグラのようだった」

「何があったのでしょうかね」

三樹之助は、何があっても一学ならばそういうことはしないだろうと思った。ただ兄弟とはいっても、いろいろな関係がある。武家ならば、兄の存在は絶対だ。けれどもそれは、弟が兄に対してどう思うかとは別の問題である。

「この芋は、甘くてうまいな。甘藷《かんしよ》だな」

いつの間にか、蒸かし芋はなくなっていた。歳に似合わず、爺さんもけっこう食べたので、三樹之助は満腹にはなっていない。しかし彦次郎の話を聞くことができたので、文句はなかった。

「しばらくここで、様子を見ていてもよろしいか」

「どうぞ。腹がくちくなったら、どうもまた眠くなってきたぞ」

板の間に、ごろりと横になった。うつらうつらし始めた。昼下がりの空で、小鳥が鳴いている。

それから一刻半ほどたった。居眠りから覚めた爺さんとどうでもいい話をしていると、兼松屋敷から長身の侍が出てきた。深編笠《ふかあみがさ》を被っている。

「彦次郎だな」

三樹之助が言うと、爺さんが頷いた。辻番があるところとは、反対の方向に歩いてゆく。

「邪魔をしたな」

声をかけて辻番を出ると、彦次郎のあとをつけた。三味線堀の高橋の手前を、右に曲がった。大名屋敷に挟まれた真っ直ぐな道を、足早に南に向かった。

はらはらと枯れ葉が舞い落ちてくる。気づかれては面倒なので、三樹之助はかなり間を空けて歩いた。

神田川にぶつかった彦次郎は、新《あたら》シ橋《ばし》を渡った。河岸の柳原通《やなぎわらどお》りを東に向かっている。すぐに両国広小路の雑踏に出た。露店や莚掛けの見世物小屋の間を抜けて、両国橋も渡った。

「深川の但馬屋でも訪ねるのか」

そう思うと心の臓が熱くなった。

隙のない身ごなしで歩いている。兄の死を待っている男。ヤマトリカブトの塊根を使って、死に至らしめようとしているのかもしれない弟。そう思うからか、後ろ姿に鬼気迫るものを感じた。

彦次郎は、大川に沿った道を南に向かった。竪川、小名木川、仙台堀を越えて、油堀の手前にある黒板塀の家の前で立ち止まった。見越しの松がある、瀟洒な建物だった。

ためらうことなく門を開け、中へ入っていった。

隠居所か妾宅といった気配の家だ。門前のやや離れたところで呆然としていると、近寄って来る者があった。

源兵衛である。

「あれが、兼松彦次郎ですね」

源兵衛は、そう言った。

「うむ。あの家は、誰のものなのか」

「但馬屋欽兵衛が、女を住まわせている家ですよ。あそこには、光達が半月ほどから住みついています」

源兵衛がここにいる理由が分かった。光達を見張っていたのだ。二人は、道の端にある天水桶の陰まで移動した。

朝からこれまでのことを、互いに伝え合った。

「どうするかを、話しているわけだな」

「そうでしょうね」

欽兵衛も家に入っていったのを、源兵衛は目撃している。そのまま見張ることにした。

一刻近くで、彦次郎が出てきた。すでにあたりは薄暗くなっている。先ほどやって来た仙台堀の方向だった。

「これは、私がつけていこう」

三樹之助が言って続いた。来たときと同じくらいに間を空けた。

大川に沿った道を、彦次郎は川上に向かってどんどん進んでゆく。両国橋を西に渡り、どこにも寄り道をすることなく下谷七軒町の兼松屋敷に戻った。

潜り戸の扉が、ぎぎと音を立てて内側から閉じられた。

七

神田お玉が池は朝靄《あさもや》に包まれている。水面には鴨《かも》や鳰《にお》、鴛鴦《おしどり》といった水鳥の姿が見えた。耳を澄ますと、鳴き声が聞こえる。

通りを歩く人の姿は極めて少ない。

寺社奉行配下の吟味物調役浅見桐五郎は、羽織袴の白足袋姿でお玉が池にほど近い屋敷を発った。中小姓《ちゅうごしょう》と中間一人ずつを、供に従えていた。

浅見は顔が目の辺りまで隠れる笠を被っている。二人の供は、手拭いを頭から被って顎で結んでいた。急ぐわけではないが、さりとてのんびりとした歩きぶりでもない。

向かう先は、上野東叡山寛永寺である。

いったん町家に出て神田川を渡る。それからさらに北に向かうのだった。歩く道筋は決まっている。いつも寛永寺へ行くときに使う道だ。

一行三名は、一言も話さない。顔を見合うこともしなかった。歩いていると、時折、冷たい風が吹いてくる。晴れてはいるが、これまでにない寒さがあった。

落ち葉の量が増えている。

今日はこれから、寛永寺で本堂修復工事の材木納入を行う店を決める話し合いがある。浅見はその席に加わるために、上野へ向かっていた。

請負では有力とされていた信濃屋だが、善右衛門の死によって状況が変わった。麓詮も今はいない。この二人の死は、但馬屋欽兵衛の差し金である公算は極めて濃厚だが、明確な証拠はない。光達と兼松彦次郎が欽兵衛の妾宅に集まったというだけでは、話にならないのである。

浅見は但馬屋の受注には反論をするつもりであり、大方の流れはできていると感じていた。しかし欽兵衛のやり口を見ていると、思いがけず但馬屋を推挙する者が現れないとは限らなかった。

徳川家の菩提寺である寛永寺には、浅見は幕臣として畏敬《いけい》の念を持っている。不当な業者を選定することは、寺を穢《けが》し仏道に反すると考えていた。

浅見は、数年で替わる代々の寺社奉行を補佐してきた。禄高こそ低いが、寺社に対する施策を支えてきた者としての矜持《きょうじ》もあった。

一行は町地から武家地に入った。道は広いが、人気はなくなった。白壁が続き、ときおりあるのは居眠りをした老人が詰める辻番小屋だけだ。

「何かあるとすれば、このあたりだな」

浅見が、緊張した声を漏らした。二人の供は、ぴたりとついて離れない。その確かな足音を耳で確かめた。

三樹之助は、浅見が漏らした囁きを耳に留めた。注意深く樹木の陰や道の角、辻番小屋の裏手などに目をやっていた。

頭から手拭いを被り、中小姓として浅見に従っている。中間の身なりをしているのは源兵衛だった。今日は十手ではなく、木刀を腰に差している。

昨夜から二人は、浅見屋敷に泊まり込んでいた。

それには深夜の襲撃も頭に入れていたからだ。しかしなかった。だとすれば、移動の途中で何かが起こるだろうと考えた。事が起こった場合は、三樹之助が対峙する。源兵衛は浅見を連れて、その場からいち早く離れることになっていた。

まずは浅見を、寛永寺まで送り届けなくてはならない。

三名の足音が道に響く。それぞれが五感を研《と》ぎ澄ませて、あたりの気配をうかがった。

すると、微かな風の音が耳に入った。三樹之助の鼻に、何かがにおった。源兵衛は立ち止まっている。

「何人、いやすかい」

「前には二人だな」

源兵衛に問われた三樹之助は、気を集中させた。左手を腰に添えて、刀の鯉口を切っている。命を奪うつもりで襲ってくる輩《やから》だ。

目の先十数間ほどのところに、四つ辻がある。その角から、深編笠の長身の侍が現れた。こちらに近づいてくる。歩きながら顎紐《あごひも》に手を当てて結び目を解き、笠をはずした。顔には黒い頭巾を被っていた。

姿を見せたのは一人だが、もうひとり壁の陰に隠れているのは明らかだった。祈禱師か新たな仲間か。

背後からも足音が聞こえた。走り寄ってくる。振り向くと、長い錫杖を手にした祈禱師だった。

逃げ道を塞《ふさ》がれた形である。三人が立ち止まると、祈禱師が両手を広げて錫杖で地をとんと突いた。

前に体を戻すと、頭巾の侍が刀を抜いたところだった。もう一人いるのが誰か、気になったが確かめる暇はなかった。相手は目の前数間《すうけん》のところに迫っている。三樹之助が刀を抜いたのと、向こうが斬りかかってきたのとは、ほとんど同時だった。

「やあっ」

突き込んできた刀を、三樹之助は横に跳びながら弾いた。言葉を発することはなかった。一撃が襲ってきただけである。体が交差した。

まさしく湯島聖堂裏手で闘った相手だ。

再び向かい合う。互いに正眼に構えた。一足一刀の間合いの中にいる。

「その方、兼松彦次郎だな」

三樹之助は言った。尋ねたのではない。断定したのである。

相手の構えに、大きな変化はなかった。だが剣尖が明らかに揺れた。頭巾から覗いている目に、怒りと苛立ちが加わった。

背後にいる浅見と、逃げ道を塞いでいる光達が気になったが、それは源兵衛に任せるしかなかった。

「そうか。やはり兼松だったのだな。だがきさま、もう兼松家の跡を継ぐことはできぬぞ」

三樹之助は叫んでいる。相手を逆上させ、平常心を奪うのが狙いだ。腕前が五分ならば、心を乱した方が負ける。

「くたばれっ」

案の定、向こうから斬りかかってきた。上段からこちらの脳天を砕く含みの一撃である。

短慮《たんりよ》だが勢いがあった。膂力《りよりよく》もある。疾風《しつぷう》が剣尖を駆け抜けた。

「なんの」

三樹之助も前に出ている。避けない。こちらの剣尖は相手の喉元を突く流れだ。動きが少ない分、こちらの方が速かった。

相手の刀身が微かに揺れた。目当てを変えて、こちらの剣尖を弾いた。体の向きが、わずかに変わっている。

だがその動きを、三樹之助は見逃していなかった。相手はこちらの肩先を狙っている。

その小手を打とうとした。だがそれはかわされた。

三樹之助は、手にある刀をそのまま突き出した。腕には余力があった。さらに体も前に出している。撥ね上げようとする相手の体が伸び上がった。

「とうっ」

腹を抜いた。腕に確かな手応えがあった。刀身が、血にまみれている。

「うっ」

相手の体が硬直し、そのまま前のめりに倒れた。血が地べたを濡らしてゆく。旗本家次男坊の最期だった。

今度のことがなければ、名も知らず顔を合わせることもないままに終わったはずである。それでも、ずんと胸に痛みがあった。だがやらなければ、こちらがやられていた。

血刀を握ったまま、三樹之助は振り返った。そこでは、光達と源兵衛が錫杖と木刀で闘っていた。

幾たびも修羅場を掻い潜ってきた源兵衛だが、相手の祈禱師もしたたかだった。諸国を巡り歩き、荒くれ者たちと伍《ご》しながら生き抜いてきた強者《つわもの》に違いない。

かんかんと木のぶつかる音が響いた。錫杖の方が、木刀よりも長い。その分だけ、間合いを取ることができた。源兵衛は苦戦している。

三樹之助がこれに代わった。正眼に構えて叫んだ。

「塀の陰に、誰かいるぞ。それを捕らえろ」

「おのれっ」

光達は、錫杖をふった。錫杖は音を立てて回転している。頭巾の侍が討たれたことは、当然知っている。だが逃げ出そうという気配は感じられなかった。

錫杖をふりながら、間合いをはかっている。三樹之助が近づこうとすると、光達はじりっと下がった。

間合いを詰めさせない。己に都合のよい距離を保とうとしていた。

正眼に構えていた三樹之助は、剣尖を揺らした。出るぞと誘ったのである。一足一刀の間合いではないが、脚力には自信があった。来ないならば、突き込むばかりだ。

「うおうっ」

叫び声を上げながら光達が動いた。錫杖の先端が、寸刻の間に目の前に迫っている。

だがこの瞬間を、三樹之助は待っていた。踏み出しながら、刀の鎬《しのぎ》で錫杖を払った。体が交差しかけたとき、足をかけた。

「あっ」

光達の体が、均衡を崩した。三樹之助は刀を峰に返している。その上で、相手の肩を打った。骨の折れる鈍い音がした。手から離れた錫杖が、放物線を描いて飛んだ。

転がった光達の体を、上から押さえつけた。

源兵衛が、羽織姿の男を捕まえてきた。すでに捕り縄が掛けられていた。但馬屋欽兵衛だった。

「襲う様子を、見張っていやがった」

逃げ出したところを、追って捕縛したのである。源兵衛は、光達にも縄をかけた。

気丈な祈禱師は、肩の骨を折られても逃げ出そうとはかったのである。

三樹之助は、倒れている侍の頭巾を剝ぎ取った。彦次郎であることは分かっていたが、確認した。

白目を剝いた顔は、苦悶の気配をあらわにして歪んでいる。三樹之助は手で目蓋を閉じてやると、瞑目合掌《めいもくがっしょう》した。

八

「かならず戻ってくるよね」

冬太郎が言った。先ほどから三樹之助の手を握って離さない。おナツは何も言わずにこちらを見詰めているが、目に薄っすらと涙の膜を拵えていた。

「あたり前ではないか。夢の湯が、おれの住まいなのだからな」

三樹之助は、冬太郎の手を握り返した。

朝一番の客が二人入っただけで、がらんとしている男湯の板の間でのことである。

神無月もそろそろ終わりという今日、三樹之助は麴町の酒井屋敷に父と共に招かれていた。志保の琴を聞き、茶の湯のもてなしを受けるのだ。

ただそのためには、一度深川の実家大曽根屋敷に戻って衣服を整えなくてはならない。父左近と合流して、麴町へ向かうのである。

今日の日にちは、五日ほど前に一学が知らせに来てくれた。

源兵衛やお久だけでなく、五平や他の奉公人たちも、三樹之助がそれなりの家格の旗本家次男坊であることは、改めて言うまでもなく気づいていた。それはおナツや冬太郎にしても同様である。

事情を話して、一日だけ暇をもらうことにした。今さら身の上を、隠すこともないと考えたからである。

ただ何であれ、大曽根家にいったんは戻らなくてはならなかった。おナツと冬太郎は、そのことに何かを感じたのかもしれない。もう三樹之助は夢の湯へ戻ってこないのではないかと案じたのである。

「日が暮れる頃には、帰ってくるぞ。何か土産を持ってきてやろう」

そう言えば普段ならば大喜びするのだが、姉弟は浮かない顔をしている。

「元気をお出し。しみったれた顔をしていると、本当に三樹之助さまは帰ってこなくなっちまうよ」

お久が気合を入れてくれた。それでようやく、冬太郎は手を離した。

「待っているからね」

おナツが言った。三人に見送られて、三樹之助は夢の湯を出た。

深川に向かう。


一学がやって来たのは、捕らえられた但馬屋欽兵衛が厳しい吟味を受けて、祈禱師光達を使って兼松彦次郎に信濃屋善右衛門と小僧、それに寛永寺の僧侶麓詮を斬殺させたことを白状した翌日だった。同じ日のうちに、光達もすべてを打ち明けている。

三樹之助が源兵衛から、詳細を聞かされた直後である。

光達は、欽兵衛の囲い者お沢の深川佐賀町の家で祈禱を行った。別に住んでいたお沢の母親が癪痛で病んでいて、薬を与えた。それはことの外《ほか》よく効いたのだそうな。たまたま欽兵衛がいるとき、光達が現れた。二人はそこで話をし、それぞれが金に汚い悪党同士であることに気がついた。寛永寺本堂改修工事の材木納入をなんとしても請けたいと考えていた欽兵衛は、目標を阻む善右衛門と麓詮、浅見桐五郎の暗殺を計画した。

光達が連れてきた兼松彦次郎を、利用できると踏んだからである。

彦次郎は病が快復しかけた兄与一郎を、亡き者にしたいと考えていた。もともと兄弟仲は悪かった。いなくなれば、自分が跡取りになれる。兄はそれを阻む、邪魔者でしかなかった。

「何とかならないか」

彦次郎は思案していた。そのとき荷車の酒樽が崩れた。

悶着が収まったあとで、光達は声をかけた。その時点で、彦次郎が抱えている屈託を調べ上げていた。

但馬屋欽兵衛との談合はできていた。腕のいい刺客を探していたのである。

光達の薬は、鎮痛剤としてよく効いた。しかし病巣を治癒する効能を持っていたわけではない。一時的に痛みを和らげただけの話である。だから高い値で薬を売ったが、一つの場所に長くいることはしなかった。じきに化けの皮が剝がれると分かっていた。

ただ風乾したヤマトリカブトの塊根を、光達は持ち合わせていた。減毒して薬にする技術を持っていたが、そのまま毒薬として使う手立ても身につけていたのである。

彦次郎の兄に対する殺意を知った光達は、野良猫を捕まえてその効能を彦次郎に見せた。

己とは何の関わりもない人物の殺害である。捕縛の手が回るとは彦次郎は考えもしなかったらしい。トリカブトの毒で跡取りの与一郎を、誰にも不審を抱かせることなく死なせることができれば、それでよいと判断したのだ。

すでに彦次郎の遺体は、町奉行所の手に渡っている。

兼松家は、そのままでは済まないことになった。三樹之助にしてみれば、まことに残念な結末だ。

欽兵衛や光達の斬首は、動かないものになった。但馬屋は闕所《けっしょ》となる運びだ。

寛永寺本堂の改修工事の材木納入は、主人を亡くした信濃屋に決まった。番頭と跡取りの房太郎が、源兵衛のところへ菓子折を持って挨拶に来た。

湯島から深川の大曽根屋敷へ行くには、川を三つ渡る。神田川と大川、そして竪川である。竪川を渡って六間堀に沿った道を行くと、懐かしい長屋門が目の前に現れた。

五ヶ月前には逃げるようにして立ち去ったが、生まれ育った場所である。どこも少しも変わってはいなかった。門扉は開かれている。

三樹之助が戻ることは分かっていたから、そのために開かれている。迷うことなく、敷地の中に入った。

玄関式台の前に立って声をかけると、誰よりも早く母親のかつが、走り出てきた。

「まあまあ、よくも無事で」

そう言ったきり、声も出ない。目から涙が溢《あふ》れ出た。自分のために泣く母親の姿を、三樹之助は初めて目の当たりにした。離れて過ごした五ヶ月近くの月日の、重さを思った。

すぐに父左近との目通りとなった。さぞかし怒鳴りつけられるだろうと覚悟を決めていたが、そういうことはなかった。脇には兄一学が座っていた。

「達者に過ごしておったか」

「はい。お陰さまにて」

「ならば重畳《ちょうじょう》」

父は、目に涙を溜めたりはしない。かつてと同じように見詰め返しただけだった。

ただ以前よりも、若干老けたと感じた。

「では、着替えるがよい。支度ができたならば、出かけるぞ」

屋敷の北側にある、自分が使っていた部屋へ行った。部屋は出奔する前と少しも変わらない。ただ母が、新品の紋服を誂《あつら》えて待っていた。

三樹之助のために仕立てたのである。

「さあ、お着替えなさい。母が手伝って差し上げます」

下帯一つになった。新品の絹物を身につけるのは、初めてのことだった。袖を通すのがこそばゆかった。

これから酒井家に招かれる。どうなるかは分からないが、志保の琴を聞き、茶を点ててもらう。はっきりしていることはそれだけだ。

美乃里の顔が、脳裏に浮かんでいる。忘れたわけではなかった。

「案ずるな、おれは心変わりなどしない」

胸の中で囁いた。小笠原正親に対する怒りと恨みは、片時も忘れてはいなかった。

「できましたよ。立派なものです」

母は三樹之助の腰を、ぽんぽんと叩いた。湯屋の釜焚きが、旗本家の倅に戻った。

「では、参るぞ」

父は馬に乗った。正式な訪問だから、馬の口取りや草履取《ぞうりと》り、中間と槍持ち、侍二人を従えている。大曽根左近は、七百石の旗本である。

一行は、家禄二千石で役高三千石の御小普請支配を務める、大身旗本酒井織部の屋敷を訪ねる。道行く人は、皆避けて通った。

上天気で、微風が心地よかった。馬上の父は何も言わない。前を向いたきりだ。

酒井家の門は、門番所付の長屋門である。敷地は千坪をはるかに超えている。三樹之助が表門から入るのは、二度目だった。

九

三樹之助が左近と共に酒井家の玄関式台の前に立つと、当主の織部が直々に姿を見せた。

「御足労、恐縮でござる」

上機嫌で出迎えた。

顔が映るほど磨き抜かれた廊下を歩いて、庭に面した十二畳の二間続きの部屋へ通された。招かれた客として、左近と三樹之助は床の間を背にして着座する形になった。

手入れされた庭の紅葉が、鮮やかだった。

「見事なものでございますな」

庭に目をやった左近が言った。紅葉の間から、やや冷たい澄んだ微風があって気持ちが引き締まった。静かで、どこかから小鳥の囀《さえず》りが聞こえた。

織部と左近は、東叡山や谷中天王寺などの紅葉の名所について話をした。これまでに見た、どこの紅葉が美しかったといった話である。

三樹之助は、いつ婿入りの話になるかとはらはらしながら聞いていた。いずれはその話になると感じていた。

「どうしたものか」

昨夜寝床に入ってから、考えた。そしてどきりとした。迷う必要などないではないかと、気がついたからである。酒井家との縁は、小笠原家が企みを持って繋いだものである。

美乃里の無念は、果たすことができないままだ。

ただ三樹之助の迷いの中に、志保の姿があった。受けることはできないとの気持ちに揺れはないが、それでいいのかと問いかけてくる声が聞こえてくる。

「それでは、琴を聞いていただきましょうか」

ひとしきり紅葉の話をしてから、織部が言った。婿入りの話には触れないままだ。

襖が開かれた隣の部屋には、すでに琴が置かれている。そちらに目をやると、廊下から衣擦れの音がしてきた。

現れたのは、州浜模様の着物を身につけた志保である。結い上げられたばかりの瑞々しい髪には、鼈甲《べっこう》の飾り櫛が差してあった。

部屋に入って腰を下ろすと三つ指をついた。

「ようこそお越しくださいました」

凛とした眼差して、にこりともしない。志保はきりりとした美しい顔で、深々と頭を下げた。

「こ、これは」

三樹之助は息を呑んだ。初めて会ったときは、にこりともしない顔を冷ややかだと感じた。しかし今日は、志保は緊張をしているのだと受け取った。今日のために稽古をしているといった言葉を思い出した。美しさの中に愛らしさが潜んでいて、三樹之助は胸の痛みを感じたのである。

「では、聞いていただきまする」

曲は八橋検校作の六段の調べである。糸を検めた志保は、深く息を吸ってから改めて糸に手を触れさせた。初めて耳にする曲ではなかったが、三樹之助はじっくりと聞いた。

初めは緊張していた様子だったが、曲が進むうちに落ち着いてきたらしかった。出来に安堵しているのかもしれない。

調べの中に、志保の息遣いが潜んでいる。いつの間にか、奏でられる音の世界の中に三樹之助は引き込まれていた。

そして気がつくと、演奏が終わっていた。もう少し聞きたい気持ちがあったが、口には出さず頭を下げた。

「お見事でござる」

左近が声を上げた。

志保は一礼をすると、部屋から出て行った。三樹之助とは、一度も目を合わせなかった。

その後、三樹之助は志保と共に、庭の紅葉を拝見することになった。織部の勧めである。

「では、参りましょう」

庭先に現れた志保が言った。縁先の敷石には、履物が用意されていた。

「はあ」

三樹之助は、志保から一歩後ろをついて行く。今日は、いつも一緒のお半の姿もなかった。二人だけで話ができるのは、幸いだった。そういう機会は、これまでほとんどなかった気がする。

手入れされた庭は、高木の樹木から低木の庭木までを吟味して植栽されている。その庭のほぼ中央に池があって、その畔に藁葺屋根の茶室があった。築百年以上の建物だが、風情があった。酒井家が代々手入れをしてきた茶室だと、前に織部が自慢をしていた。

三樹之助が初めて志保を見たのはそこでだ。薄茶を点てたのである。その後で、庭を案内された。あのときは紅葉ではなく、金糸梅《きんしばい》や梔子《くちなし》、南天などが花を咲かせていた。

池に沿って進むと、高台になって東屋があった。切り株を使った腰掛が三つ置かれている。三樹之助と志保は、向かい合って腰を下ろした。母屋に囲まれた庭と茶室がよく見えた。

「先ほどの琴は、素晴らしかった。引き込まれました」

まだ、聴いた琴の感想を伝えていなかった。

「何よりです」

つんとした表情は崩さないが、顔に安堵が広がったのが分かった。いつの間にか、そういう志保の心の動きが感じられるようになっていて、自分でも驚いた。

池の水面に庭の紅葉が映っていて、微かに揺れている。錦鯉がばさりと跳ねて、水面の紅葉が一気に乱れた。

琴の稽古にまつわる話を、少しばかり聞いたところで言葉が途切れた。志保が何か考えるふうを見せた。そして話題を変えた。

「小笠原正親さまでございますが、廃嫡となりました」

「えっ」

いきなりなので、意味を摑むのに、一呼吸するほどの間がかかった。それでもすぐには、信じがたかった。

「料理屋のおかみに手を出し、その亭主に大怪我をさせた件ですね」

気持ちを調えてから、三樹之助は応じた。高台の東屋には晩秋の微風があるが、火照った体には丁度よかった。

「亭主は正親さまに包丁の刃先を向けたとして、仕方のないこととして終わらせようと動きました。それなりの方々にも手を回して。おかみとは、同意があったと申したとか」

「そんなことだろうと思いました」

聞いているだけで、怒りが湧いてくる。

「ただあの方には、他にも不祥事がありました」

その一つが、美乃里の件だった。

「当家は小笠原家とは縁続きではございましたが、父上は廃嫡を求めました。このままでは、小笠原家は潰れます」

きっぱりとした口ぶりだ。

「志保殿が、お父上にお勧めになったのではないですか」

気がついたので言ってみた。

「私だけでは、ございませぬ」

元々縁戚の中にも、正親の行状を好ましくないと思っていた者がいた。それらが声を揃えたのである。小笠原家では抗ったらしいが、度重なる不祥事だった。受け入れざるを得ないことになった。

「正親殿は、どうなるので」

「頭を丸め、仏道に入るそうです。あの方は、心を入れ替えなくてはなりませぬ」

「まさしく、それはそうだ」

それで美乃里の無念が晴れるとは感じない。しかし正親が、己を振り返る機を得たのはせめてものことだ。

「許してやってほしいとは申しませぬ。あの方には、これまでなした悪行を背負って生きていただきます」

「そうですね。これができるすべてでしょう」

満足はしないが、受け入れていいと三樹之助は考えた。

「美乃里さまは、得心なさるでしょうか」

志保は、少し心細げな顔になって問いかけてきた。美乃里の心を、三樹之助の思いを、案じる表情だった。

「ありがたいことです」

胸が熱くなった。美乃里が得心するかどうかは分からない。けれども志保が尽力してくれたことについては、感謝をするはずだった。

これまでとは違う強い風が吹き抜けて、落ち葉が舞った。冷たい風だった。

「寒くありませんか」

「いいえ。少しでも三樹之助さまのお役に立てたのならば、嬉しいです」

志保は笑顔を見せた。知り合って、初めて自分に向けた笑顔だと気がついた。

入り婿話は、ここでは出てこない。もしかしたら、引き上げるまで出ないのかもしれなかった。ただ出ようが出まいが、気持ちは動いていた。

「この人とならば、力を携えて生きてゆける」

ならば婿入りも、見直してよいかもしれない。美乃里も許してくれるのではないかと、三樹之助は思った。

※本書は2012年1月に小社より刊行された作品に
加筆修正を加えた「新装版」です。

双葉文庫

ち-01-55

湯屋《ゆや》のお助《たす》け人《にん》【五】

神無《かんな》の恋風《こいかぜ》〈新装版〉

2022年9月11日　第1刷発行

【著者】

千野隆司《ちのたかし》

【発行者】

箕浦克史

【発行所】

株式会社双葉社

〒162-8540 東京都新宿区東五軒町3番28号

［電話］03-5261-4818（営業部）　03-5261-4833（編集部）

www.futabasha.co.jp（双葉社の書籍・コミックが買えます）

【印刷所】

大日本印刷株式会社

【製本所】

大日本印刷株式会社

【カバー印刷】

株式会社久栄社

【DTP】

株式会社ビーワークス

【フォーマット・デザイン】

日下潤一

ISBN978-4-575-67130-8 C0193

Printed in Japan

千野隆司

湯屋のお助け人

菖蒲の若侍

長編時代小説

旗本家の次男である大曽根三樹之助は思いがけず「夢の湯」に居候することに。三樹之助の活躍と成長を描く大人気時代小説、新装版第一弾。

千野隆司

湯屋のお助け人
桃湯の産声

長編時代小説

湯屋の主人で岡っ引きの源兵衛が四年前に捕らえた罪人が島抜けした。三樹之助は悪人の牙から罪なき人々を守れるか!? 新装版第二弾!

千野隆司

湯屋のお助け人

覚悟の算盤

長編時代小説

「夢の湯」に瀬古と名乗る浪人が居候として加わった。どうやら訳ありのようで、力になりたいと思う三樹之助だが……。新装版第三弾！

千野隆司

湯屋のお助け人

待宵の芒舟

長編時代小説

五十両の借用証文を残し、仏具屋の主人が姿を消した。三樹之助と源兵衛は女房の頼みで行方を捜すことに……。大人気新装版第四弾!